JN066772

徳　間　文　庫

有栖川有栖選 必読！ Selection10

アリバイの唄

夜明日出夫の事件簿

笹沢左保

徳　間　書　店

CONTENTS

Introduction 有栖川有栖 005

アリバイの唄 夜明日出夫の事件簿 009

Closing 有栖川有栖 337

1990

Design：坂野公一（welle design）

Introduction

有栖川有栖

笹沢左保の著作が三百五十冊に達したのを記念して、「小説宝石」誌一九九五年十二月号が「旧友座談会　わがミステリー青春時代」を企画した。笹沢に加えて、山村正夫、森村誠一、夏樹静子という顔ぶれで、笹沢はこんなことを語っている。

「この間、評論家の山前譲さんに、自分の気づかないことを突かれたね。それは、笹沢左保には一定の探偵役がいないというんだ。名探偵がね。出てきても、すぐ引っ込んでしまう」

いやいや、先生、ご自分で気がつかないわけはないでしょう、と突っ込みかけたが、発言はこう続く。

「(略)小説の主人公というものが死んでしまったら、新しい展開ができなくなるという、そういう配慮から彼は常に探偵をかえていくのではないか、とね。ドキッとしたよ。そういう見方があるんだったら、見ようによっては飽きっぽいかもしれないが、新しいものを追求するさ」

名探偵を創らない心理を推察されたことにドキッとしたようだ。

だが実は、この座談会が催された時点で、笹沢は名探偵シリーズをスタートさせていた。それについての言及がないのは、シリーズが何作続くか作者自身もまだ予想しかねていたからかもしれない。

その名探偵こそ、元警視庁捜査一課の警部補で現在はタクシードライバーの夜明日出夫。彼の記念すべきデビュー作が『アリバイの唄』（九〇年七月刊）である。のちに作者は、夜明というキャラクターへの深い愛着を表明している。

テレビ朝日の「土曜ワイド劇場」でドラマ化され、人気シリーズとなった『タクシードライバーの推理日誌』の原作でもある。夜明を演じた渡瀬恒彦の好演のせいもあって、同シリーズは九二年五月から二〇一六年三月まで三十九本も制作され、今なおＢＳやＣＳで再放送される機会が多い。

テレビの視聴者というのはお約束の展開を楽しむものだが、このシリーズの場合は――冒頭、夜明が運転するタクシーで乗客が小さなトラブルを起こす↓巡査が駆けつける↓夜明を見るなり驚いて「伝説の警部補・夜明さんじゃありませんか！」（巡査もみんな知っているレジェンド）

また、殺人事件について刑事から話を聞く↓刑事「容疑者はこう証言しているんですが」↓夜明「犯行があった時刻に、その人なら俺のタクシーに乗っていたよ」↓刑事「本当ですか！」（事件に巻き込まれる）

昔取った杵柄で、夜明は捜査が気になって仕方がない。刑事も夜明の知恵を借りたい。↓刑事「明日、関係者にくわしい話を聞きに行くんです」↓夜明「じゃあ、俺のタクシーで行こう」（遠距離だといい仕事にもなり、勤務中に探偵として活動できる）

ドラマ版はレギュラーの刑事陣が脇を固め、離婚して別に暮らしている妻や娘もホームドラマ風に顔を出して賑やか。しかし、事件の真相は笹沢ミステリならではの哀切さ、という構図だ。

笹沢作品の旧作を夜明ものに仕立て直すなどしてテレビは人気シリーズを続けたが、原作は全部で七作。ホームドラマ風のほのぼのとした場面はないものの、夜明の造形はタフで孤独の影を宿しながら虚無的ではなく、人間味を感じさせる。母親と同居。非喫煙者で、のど飴を口の中で転がしながら推理を巡らすのもこれまでの主人公とは違う。

風変わりな名前は、たまたま乗ったお客に覚えられやすくて話を進めやすいから採用されたのだろうが、物語に希望や救いを盛り込もうという作者の意図も働いたのかもしれない。

どうかこのニューヒーローに会い、好きになっていただきたい。キャラクターの魅力だけを売りにしたシリーズではなく、初出単行本（講談社の叢書「創業80周年記念　推理特別書下ろし」）の帯にはこう謳われていた。

〈名手・笹沢左保が読者に挑戦！　渾身の本格推理〉

1990年　初刊　講談社

アリバイの唄

夜明日出夫の事件簿

ALIBI LULLABY

第一章　おとこ嫌い

1

タクシーに乗る前から、すでに言い争いを続けて来たらしい。顔つきを見れば、そうと察しがつく。四十代後半の男は、ムスッとして口をへの字に結んでいる。三十代前半の女も、怒ったように表情が険しかった。

女のほうが威張って、先にタクシーに乗り込んだ。男は間隔を置いて、ドア寄りにすわった。夫婦か、それに準ずる関係にある男女だろう。くっつくようにして並んでも、おかしくはない男と女であった。

それなのに、わざわざ離れてすわる。それは、喧嘩して互いに不愉快でいる男女と、決まっていた。そういう男と女を、タクシーは客としてちょいちょい乗せる。タクシーの中で、大喧嘩をおっぱじめる男女というのも、決して珍しくはない。

女のほうが、紙袋を提げていた。みやげものに、違いなかった。紙袋には『蒲郡・名物えびせんべい』という文字と、ほかに商店名が印刷されている。男と女は愛知県の蒲郡から、上京するか帰京するかしたのだろう。

当然、新幹線に乗って来たのだ。ただし、蒲郡市に新幹線の駅はない。豊橋まで出て、新幹線に乗らなければならない。こだまである。東京行きの『こだま号』の最終は、二十三時四十二分に東京駅につく。

そのあとの東京着の新幹線は、三本の『ひかり号』しかなかった。男と女は、『こだま号』の最終に乗って来た。ずいぶん遅いご到着だが、おそらく男と女は新幹線の中で口論を始めることになったのだろう。

「東京プリンセス・ホテルへお願い」

愛想のない声で、女が行き先を告げた。

ホテル行きだった。帰京ではなく、上京したのだとわかる。しかし、命令口調の標準語は、東京での生活をよく知っている証拠であった。東京駅の丸の内中央口から芝公園までとなると、あまりありがたい客とはいえなかった。

だが、仕方がない。夜の十二時近い東京駅では、客の選り好みができなかった。何とはなしに、東京駅丸の内中央口のタクシー乗り場に、車を停めたほうが悪いのだ。銀座周辺まで空車を走らせたくないと、欲張ったのがよくなかった。

東京駅の近くまで客を乗せて来たからと、丸の内の中央口にひょいと停めたのが失敗だった。十分ばかり待ったうえに、乗せた客の行き先が芝公園と来た。芝公園からは、新橋あたりへ直行しよう。

「このタクシー、孫悟空タクシーっていうんでしょ」

女の客が、いきなり声をかけて来た。

「そうですよ」

坊主頭のように髪を短く刈り込んでいる運転手が、大きな身体のいかつい肩を揺すった。

「車体が白と黄色で、大きな孫悟空マークが描いてあるのね。孫悟空タクシーは乗車拒否をしないって、東京ではずいぶん評判がいいらしいじゃないの」

女はどうも男を無視するために、運転手に話しかけているようであった。

「何分にも中小企業だから、稼がなくちゃあね」

運転手の声はハスキーというか、かすれるようにドスが利いた低音だった。

「あら、珍しい名前ねえ」

助手席の上方を見やって、女は驚きの目を見はった。

そこには、孫悟空タクシー目黒営業所とあって、ほかに運転手の顔写真と名前が掲示されている。運転手の名前は、『夜明日出夫(よあけひでお)』と読めた。

「戸籍上の本名でしてね」

客に冷やかされるのに慣れているらしく、運転手はニコリともしないでそう言った。

「夜明日出夫さん、一度見たら忘れない名前だわ」

白いスーツを着た女は、艶やかに笑った。

「はっきり断わっておくが、おれの決断は変わらんぞ」

男の客が唐突に、話に割り込んだ。

「くだらない決心ね」

女は冷ややかな調子の言葉に一変して、フンというように男のほうを見た。

「くだらんという言い草はないだろう。こっちにとっては、一大決心なんだ」

肥満型の男は、無理にという感じで腕を組んだ。

「誰が決心してくれって、あなたに頼んだのよ」

興奮がぶり返したように、女の息遣いは乱れていた。

口争いの再開である。こうしたときには、興奮した客というものは運転手の存在を忘れる。少なくとも、運転手の耳を恐れない。だからこそ、おもしろい。退屈を紛らわせてくれるので、夜明日出夫は常に客同士の喧嘩を歓迎することにしている。

「自由党の愛知県連本部が、おれに決心を促したんだ」

「嘘ばっかり」

「何が、嘘なんだ」

「県の執行部の人から、聞いたことがあるわ。夏木は遂げられない野望に、熱くなっているってね」

「もちろん、反対派もいるんだ」

「あら、愛知県自由党としては夏木の出馬なんて、問題にもしていないっていう話だってあったのよ」

「デマだよ」

「公認は、不可能ですってよ」

「だったら、無所属で出る」

「推薦も、もらえないそうだわ」

「推薦なんて、どうだっていい」

「ほら、みなさい。公認も推薦も駄目だって、承知しているんじゃないの。それで本部が決心を促したなんて、よく言えるわね」

「おれの支持者たちは、国会行きを賛成している」

「今度は支持者、支援者に変わるのね」

「次の総選挙には必ず出馬すると、決めてかかっている人だっているんだ」

「ある人が、こう公言したそうよ。夏木は愛知県の県会議員でいれば、何とかやっていけるだろう。ただし、国会議員の器ではないってね」

「言いたいやつには、言わしておけ」

「どうして、県会議員夏木潤平では我慢できないっていうの」

「県議は、もう二期目だろう」

「県会議員が二期目なんて、まだ大物にはほど遠いわよ」

「政治家は、国会議員を目ざす」

「悪いけど、あなた政治家じゃないわ。権力志向が強くて、ボスになりたがっているだけの人よ」

「おれのことが、理解できてないんだ」

「ところが、それだってあなたが一生懸命、背伸びをしているのにすぎないんですからね。県会議員の選挙だって、あなたは二期とも最下位だったのよ」

「国会議員なら、また別だってこともある」

「自由党の公認も推薦もなし、選挙母体になるような支援団体も組織もなし、豊富な選挙資金もなし。これでどうして、当選することができるのよ」

「これから、何とかすればいい」

「だから、遂げられない野望に燃えているなんて、言われるんでしょ。次点の見込みさえない。まあ泡沫候補の部類だろうって、関係者が一笑に付しているってことを考えなさいよ」

「決心は、変わらんよ」

「国会議員の選挙には、莫大なお金が必要なのよ。県会議員の選挙とは、ケタが違うんですからね」

「わかっているさ」

「その選挙資金を、どうやって集めるの。どこから、お金が出るの。借金して落選したら、あなたの会社まで倒産するわ。そんなの、わたしはご免だわね。恥をかいて惨めな思いをしてまで、あなたと付き合いたくはありませんね」

「協力してくれとは、頼んでいないじゃないか」

「どうしても国会議員の選挙に出るっていうんだったら、わたしのほうも重大決意をするわ」

「おれと、手を切るっていうのか」

「それだけじゃないわね。わたし、あなたの私生活の秘密を怪文書にして、選挙区にバラ撒きますよ」

「勝手にしろ」

　残念ながら、芝公園の東京プリンセス・ホテルについてしまった。これから二人がますますカッカとしてくれれば、もっと楽しくなる舞台なのだが、ここで役者の退場となったのだ。

タクシー料金は、女が支払った。八百円のオツリを、チップとしてくれた。三十女にしては、気前がよかった。東京出身だが、いまは蒲郡で水商売をやっている小料理屋の女将か、バーのママさんだろうと、夜明日出夫は勝手に決めていた。

男と女が降りたあと、夏の夜の熱気が車の中へ流れ込んでくる。冷房と熱気が、まじり合った。急いで、ドアをしめる。さいわいホテルの玄関前に、タクシーを待つ客はいなかった。夜明日出夫は、逃げるように車を発進させた。

日比谷通りへ出たとたんに、ルーム・ミラーに映じている異物に気づいた。後部座席の中央に、小さなバッグが置いてある。いや置かれているのではなく、そこに落ちているのだ。

たったいま、女の客が料金を支払った。女は大型のバッグの中から、現金を抜き取った。そのとき小さなセカンド・バッグが転げ落ちたのに、女の目が届かなかったのだろう。それ以前の客が、忘れていったものとは考えられない。

あとから乗った客が気がつかなかったとすれば、落とし主はその客ということになる。間違いなく、あの気前のいい女の忘れものだった。夜明日出夫は、歩道に寄せて車を停めた。

運転席の背を越えるように身を乗り出して、夜明日出夫は後部座席のセカンド・バッグを拾い上げた。当然、中身を調べてみる。現金と名刺しか、はいっていなかった。現金は、筒状にまるめた一万円札であった。

ざっと数えて、四十枚はあるだろう。四十万円の現金だった。あの女は金持ちなのだと、夜明日出夫は目をむいた。夜明日出夫はタクシーの運転手になってまだ二年だが、精いっぱい働いても月収は四十万円に達しなかった。

「おれも、もう三十八だぜ」

四十万円の現金を眺めて、夜明日出夫は溜息をついた。

名刺は、二種類あった。男の名刺が三枚、女物の名刺が十枚ぐらいである。男の名刺には、夏木潤平という活字が並んでいた。愛知県の県会議員が肩書きであり、住所は名古屋市内になっていた。

女と一緒だった男の名刺だと、夜明日出夫は何となく滑稽になった。愛人らしい女に、コテンパンに言われていた。周囲の人間からも、遂げられない野望に燃える男と、批判を受けているらしい。

それにもかかわらず、次の総選挙で県会議員から国会議員への転身を図ろうと、一途になっているさっきの男がおかしかったのだ。女は何かのときに利用できるだろうと、県会議員の愛人の名刺を何枚か、持ち歩いているのかもしれない。

女物の名刺はどうやら、ご当人のもののようであった。夜明日出夫は、自分の観察力が鋭いことに感心していた。名刺の肩書きの代わりに、『割烹料理・千代田』という文字が認められたからだった。

名前は、高月静香となっている。高月静香というあの女は、やはり料理屋の女将であった。『千代田』の所在地は、蒲郡市の形原町と印刷されていた。人を見る目があることに、夜明日出夫は大いに満足した。

さて、この遺失物をどうするかである。ネコババしようなどと、さもしい根性はまるっきり持ち合わせていない。遺失物センターに任せるのが、いちばん簡単であった。高月静香という女が、忘れ物一一〇番に電話すればすむことなのだ。

孫悟空タクシーの夜明日出夫運転手と、高月静香の記憶は確かだろう。そうであれば、夜明日出夫の車に無線連絡がはいる。それに対して夜明日出夫は、拾得しましたと答えればよかった。

しかし、振り返ればまだ、東京プリンセス・ホテルの建物が見えている。十分前後の時間のロスにはなるが、落とし主がいるとわかっているホテルへ、届けてやるのが常識というものだろう。

「こちとらには、時間の無駄になるだけだよ」

夜明日出夫は舌打ちをして、乱暴に車をUターンさせた。

東京プリンセス・ホテルへ戻った。夜の十二時をすぎたホテルのロビーは、さすがに閑散としていた。フロントに目をやると、高月静香という女がいた。男の後ろ姿は、見当たらなかった。

いったん部屋に案内されて、高月静香はセカンド・バッグがなくなっていることに気づいたのだろう。東京駅から乗ったタクシーの中で、落としたのに決まっている。それで高月静香はあわてて、フロントへ駆けつけたのに違いない。

どうしたらよいものか、フロント係に相談しているようだった。夜明日出夫は、高月静香の背後に近づいた。振り向いた高月静香は、あっと叫んで夜明日出夫を指さした。

「忘れ物ですよ」

夜明日出夫は、セカンド・バッグを差し出した。

「ああ、よかった。どうも、すみません」

高月静香はセカンド・バッグを、引ったくるようにした。

夜明日出夫やフロント係には見えない角度で、高月静香はセカンド・バッグの中身を調べた。何度もうなずいてから、高月静香は向き直った。

「確かに……。ほんとに、ありがとうございました」

高月静香は夜明日出夫を見つめて、ホッとしたように口元を綻ばせた。

取り分けて美人という顔ではないが、肉感的な身体つきともども男好きがするタイプであった。媚びるように笑うと、高月静香は何とも色っぽい。

「じゃあ……」

夜明日出夫は、歩き出した。

「待ってください、お礼を差し上げなくっちゃあ……」

高月静香の声が、追いかけて来た。

夜明日出夫は振り返ることもなく、気遣い無用だという意味で手を左右に動かした。夜明日出夫は無帽だが、タクシー会社のブルーの制服は着ている。その制服のポケットから、アルミ箔の袋を引っ張り出した。

袋の中身はローヤルゼリー、葉緑素入りののど飴だった。ひと粒を摘まみ出して、口の中へほうり込む。のど飴をしゃぶるのは、十年来の習慣になっている。

運転席に腰を据えながら、夜明日出夫は口笛を吹いた。四十万円の現金という落とし物を届けて、礼金をもらわなかったことの自己満足が爽快だったのだ。

だが、これが殺人事件の被害者との出会いであったとは、思ってもみなかった。

2

二週間がすぎた。

八月にはいったが、暑さは七月と変わらない。冷夏とまではいかないが、酷暑というものを実感せずにすんだ。秋の青空のような晴天が続き、白銀の雲の峰も涼しげな色であった。

八月も十日ごろから、東京のタクシーは閑になる。夏休み中に加えて、月遅れのお盆が訪れるからだった。帰省するのか遊びに行くのか知らないが、民族大移動が始まる。

地方へ通じる高速道路は大渋滞となり、都心は嘘みたいに閑散とする。昭和二十年代のように、人と車の数が減る。車を走らせるには便利だが、当然のこととしてタクシーの客も少なくなる。

夜明日出夫は午前八時に、孫悟空タクシーの目黒営業所を出庫する。帰庫するのは、翌日の明け方だった。家に帰るまでを勤務とすれば、二十二時間労働ぐらいにはなる。その間の売り上げは、六万円を目標とする。

六万円はあくまで目標であって、五万三千円の売り上げとなれば文句なしである。稼ぎが三万円台、四万円台といった日が続いたりすると、業務課長の嫌みたっぷりの説教を聞くことになる。

八月十一日、土曜日――。

この日の稼ぎは、ひどく悪かった。午前中の売り上げだけで、六千円を目ざすのが常であった。だが、この日は正午までに、三千円も稼げなかった。午後になっても、近距離の客ばかり乗せていた。

夜明日出夫も、さすがに焦っていた。のど飴をしゃぶっても、すぐに噛み砕いてしまう。

上野の近くで客を降ろしたので、上野駅のタクシー乗り場に寄った。クーラーの冷気が、骨にしみるようだった。

順番が来て、ドアをあけた。乗り込んで来たのは、二十代半ばの小柄な女であった。気品のある顔に化粧っ気はなく、着ている水色のスーツもどことなく野暮ったい。

素朴で純真という印象には、東京の女の匂いがなかった。ボストンバッグを持っているし、旅行者に違いない。東北新幹線か上越新幹線で上京し、上野駅についたという女なのだろう。

「東京駅へ、お願いします」

女は姿勢を正して、きちんと腰をおろしていた。

夜明日出夫は、またしても腐った。近距離である。上野駅から東京駅までなら、電車で行けばいいだろうと、夜明は胸のうちでぼやいていた。地上を明るくしている夏の陽光が、八つ当たりではないが恨めしく感じられた。短距離の客のことを、隠語で『ゴミ』という。

「高速に、乗りますか」

夜明日出夫は、つるりと坊主頭を撫で回した。

「はい」

女は、うなずいた。

上野からの高速道路には、車の数が少なかった。ヤケになって夜明は、猛スピードで飛ばした。たちまち、江戸橋であった。室町で、首都高速を出ることになる。

「東京駅から逗子まで、電車だとどのくらいかかりますか」

女の客が、訊いた。

「横須賀線で、一時間ですね」

そっけなく、夜明は答えた。

「東京駅の横須賀線のホームは、地下なんでしょ」

女の客は、ルーム・ミラーの中の夜明の顔を見つめた。

「ええ、地下まで降りるのが大変だ」

夜明日出夫は、横須賀線の営業妨害をしてやった。

「面倒だからこのまま、逗子までいってもらいましょうか」

女は窓外に、目を移していた。

「逗子まで、行きますか」

夜明日出夫の声が、にわかに大きくなった。

「いいですか、運転手さん」

女の客は、念を押した。

「商売ですから、北海道だろうと九州だろうと行きますよ」

夜明の身体まで張りきって、引き締まるから不思議であった。

「じゃあ、お願いします」

女はピョコンと、頭を下げた。

「高速を飛ばせば、時間も電車と大して変わりませんからね」

夜明日出夫は、薄茶色のサングラスをかけた。

上野から東京駅と、上野から神奈川県の三浦半島の根元に位置する逗子までとは、大した違いだった。これで、今日の売り上げ不足が、埋まるだろう。ご協力ありがとうございますと、夜明は礼を言いたかった。

高速横羽線、高速横浜二号線、横浜新道、横浜横須賀道路と、いずれも車の渋滞はなかった。タクシーのメーターは景気よく上がるし、有料道路を快適に飛ばして時間はかからない。

夏休み中の土曜日なのに、湘南や三浦半島の海へ押しかける車の少ないことが、奇異に感じられる。八月十五日が、月遅れのお盆である。土曜日の今日あたりから、東京と横浜に住む地方出身者が、続々と帰省しているのかもしれない。

午後四時にならないうちに、逗子市へはいった。夜遅くなると、東京から逗子までというタクシーの客は少なくない。それで夜明も、逗子にはちょいちょい来ている。しかし、夜中ばかりなので、昼間の逗子の町を見るのは久しぶりであった。

「もう逗子ですが、逗子のどこです」

夜明はチラッと、後部座席へ目を走らせた。

「小坪（こつぼ）というところなんです」

女の客が、助手席のシートに手をかけた。

「お客さん、わかりますか」

小坪という町名を、夜明は聞いたこともなかった。

「いいえ、初めて来たもんですから……。電話番号なら、わかります」

女の客は、落ち着きを失っていた。

「電話をかけるのは、最後の手段ということにしておいて……」

東京から逗子まで乗せて来た客に対して、夜明日出夫には意地と責任があった。

「逗子マリーナのすぐ近くだそうで、大町さんというお宅です」

女の客は、夜明の横顔を覗き込むようにした。

「逗子マリーナなら、わかっています。大町さんですね」

夜明は指先で、サングラスを押し上げた。

大町とは懐かしい名前だと、夜明は思った。夜明が生まれ育ったところは、目黒区の自由が丘であった。世田谷の等々力（とどろき）と、接するあたりである。すぐ近くに、大きな門構えの豪邸があり、町内ではお屋敷と呼ばれていた。

その豪邸の門柱には、『大町』と書かれた表札が掲げられていた。大町家の当主は、特殊車輌の開発製造で知られた大町工業の二代目社長だった。大町工業はその後、大町製作所と社名を変更したが、業界最大手の企業としていまも健在である。

大町家には、千紗（ちさ）というひとり娘がいた。夜明日出夫より、六つ年下であった。可愛らしい女の子で、近所では人気者だった。大金持ちのお嬢さんの千紗と夜明とでは、住む世界が違っていた。

大町家の豪邸と比べると、夜明の家は掘立小屋のようにみすぼらしかった。だが、子どもたちには、そうした意識がない。夜明は大町邸の門の中へもはいったことがないが、千紗のほうから遊びに出てくるときがある。

そんな場合には、夜明の家の狭い庭を遊び場にする。夜明が小学校の六年生になるまでは、千紗とよく遊んだものだった。そういう意味で夜明と千紗は、幼馴染みといえるのである。

大町千紗が小学校に入学してから、夜明と一緒に過ごす時間がなくなった。千紗が運転手付きの乗用車で、渋谷区にある私立の学校へ通うようになったからだった。道路で出会ったりすると、互いに笑ったり手を挙げたりの仲に変わった。

千紗が同じ私立学園の中学へ進むと、もう会釈を交わすことしかなかった。双方ともに異性を意識して、口をきくこともない。本物のお嬢さんになった千紗は、滅多に姿を見せることもなかった。

夜明が三流大学の学生になって二年目に、父親が目黒区の目黒本町に家を買った。一家は、目黒本町へ引っ越した。それで千紗とは、完全に疎遠となったのだ。

新しい家に移って間もなく、父親が肝硬変で急死した。夜明日出夫は大学を中退して警察官となった。警視庁巡査を拝命したのであった。夜明が、二十歳のときだった。

それから九年後、同じく九年ほど前のことになるが、夜明と千紗は一度だけの再会を経験している。夜明は二十九歳、千紗は二十三歳になっていた。銀座四丁目の交差点で、ぱったり出会ったのである。

顔を合わせなくなって、十年がたっている。そのうえ千紗は、いかにもレディー然とした美女になっていた。しかし、二人は互いにひと目で、相手が誰であるかがわかった。驚いてから、懐かしさの余り気取りのない笑顔になった。

夜明と千紗は、フルーツパーラーで三十分ぐらい話し込んだ。千紗は、高校を卒業するとすぐにヨーロッパでの生活に移り、五年間のフランス留学を終えて、先月に帰国したばかりだと語った。

二人ともその後の経緯を聞かせ合っただけで、そそくさと別れることになった。所詮は、別世界に住む男と女であった。いわば、縁がない人間同士である。交際を復活させる理由も、必要性もなかった。

それっきりで、夜明は二度と大町千紗に会っていない。十八年に一度しか会っていない幼馴染みは、もはや遠い遠い存在であった。あるいは夜明にとって初恋の対象だったかもしれない千紗だが、普段は思い出すこともなかった。

だが、大町という名前を聞くと、真っ先に大町千紗のことが頭に浮かぶ。格別に珍しくはない大町姓だが、千紗に結びつけずにはいられない。いまも客の行き先が大町姓の家だというので、夜明はとたんに甘酸っぱい懐かしさを覚えたのだった。

前方に、海が広がった。相模湾の東の端に寄っていて、三浦半島の海岸線に接続している。西の海岸は鎌倉市で、稲村ケ崎、七里ケ浜、それに江の島とある。東は逗子湾の向こうが、葉山町であった。

逗子マリーナは、鎌倉市との境界線に接して、海に突出していた。ヨットハーバーのあるリゾートとして、知られている。その一帯を囲むのは、二千本からの椰子の木だった。敷地は、十六万五千平方メートルだという。

そこには、洒落た造りのリゾート・マンションが、八棟も建ち並ぶ。ほかにヨットハーバー、ガーデン・プール、テニスコート、ジョギングコース、ボウリング場、シーフード・レストラン、欧風カフェなどがそろっていて、南フランスに似た雰囲気を誇っているそうである。

この逗子マリーナの北東に、小坪海岸というバスの停留所があった。その近くに小高い丘陵があって、南斜面をみごとな松林が取り囲んでいた。

かつての逗子や葉山の海岸寄りには、それが名物のように多くの松林が見られた。だが、松の林は次々に伐採されて、建物が並び町となった。

樹齢から察して、かつての松林がそっくりそのまま残っているのだ。ただし、単なる松林ではなかった。松林は、石垣のうえの石塀の中にある。つまり屋敷の庭の塀に沿って、松の木が並び目隠しの役目を果たしているのだった。

石塀はどこまでもと言いたいくらいに、長く続いていた。敷地の広さは、一千坪以上あるだろう。西側を舗装された坂道が、抜けているようであった。道路の右側に、門が見えている。

「庭の松林が目印になるって、聞いていますから……」

タクシーの客が、ここに位置する屋敷こそ目的地だと断定した。

「門の前まで行けば、はっきりするでしょう」

夜明は車を、坂道に乗り入れた。

急坂をのぼって、間もなく門の前であった。そこで、停車する。立派な門だった。丹波石を積んだ門柱が、太くて高かった。鉄柵の門扉も、幅が四メートルはあるだろう。車二台が、一度に通り抜けられる。

門から玄関まで、幅広い砂利道が通じていた。それ以外の敷地内の様子は、ほとんど窺（うかが）えなかった。門の内側にも松の木をはじめ、多くの樹木や植込みが、木陰を作っているからだった。

三階建ての鉄筋コンクリート造りの家の一部が、緑の木の間から見通せた。別荘の体裁ではないから、自宅とされている住居なのだ。この門構えといい、大した豪邸だと夜明は感心した。

「間違いありません」

女の客が、財布を取り出した。

「大町さんですね」

夜明も、門柱の表札を確かめた。

とたんに、夜明はわが目を疑った。銅板のような表札に、『大町千紗』の四文字が浮き上がっていた。珍しいことだが、あの大町千紗と同姓同名だと、夜明はポカンとなった。

当然のことだが、同名異人に決まっている。

あの大町千紗が、逗子などに住んでいるはずはない。それに、大町千紗が三十二にもなって、まだ独身でいるとは考えられなかった。大町千紗はひとり娘だから、婿を迎えるということはあり得る。

それで大町という姓が、変わらないのは理解できる。だが、夫がいるのに大町千紗の名前しか、表札に書かないというのはおかしい。夫の名前の表札にして、その脇に『千紗』と付け加えるのが、日本人の常識というものだろう。

そうでなければ、『大町』だけの表札で十分である。大町千紗とフルネームの表札にしたのは、この家の当主が大町千紗であるのを、強調してのことであった。そうなると、あの大町千紗ではあり得ない。

客は数え直して、料金の支払いをすませた。有料道路の料金もきちんと含まれているが、チップはなしだった。オツリは十円硬貨まで、しっかりと取り上げた。

「この大町千紗さんって、大町製作所の社長のお嬢さんとは、別人なんでしょうね」

夜明はドアをあけながら、念のために訊いてみた。

「運転手さん、ご存じなんですか。大町製作所の前の社長さんが、千紗さんのお父さまですけど……」

女の客は、目を見はった。

「じゃあ……！」

夜明日出夫も、客と一緒に驚いた。

3

訪問者は、通用門寄りに取り付けてあるインターホンのボタンを押した。夜明は、それを見守った。車をスタートさせるどころか、後部座席のドアさえまだ閉じていなかった。

大町千紗が姿を現わすようなら、会って行きたいという気持ちがあったのだ。

応答が聞こえたが、インターホンの声の主はわからなかった。

「小日向律子です」

訪問者は、その名を告げた。

インターホンでのやりとりは、それで終わった。電気で開閉する自動門扉だろうと、勝手にはいれというのでは、訪問客に対して失礼である。やはり門まで、迎えに出てくるのだろう。

広い邸内なので、短い距離ではない。そのために、時間がかかった。やがて四十すぎの男が、不意に姿を見せた。通用門から、北側の塀に沿って敷石が、植込みの中へ消えている。おそらく敷石は、勝手口まで続いているのだろう。

その敷石を踏んで、男は現われたのだった。そうだとすれば、男は使用人に違いない。男は夜明に劣らず、いい体格をしている。腕力も、強そうであった。

さっきから、奥のほうで犬が吠えていた。ドーベルマンだと、察しのつく犬の声である。この男とドーベルマンがいれば、不用心とはならないだろうと、夜明はつまらないことを考えていた。

「タクシーに乗られたままで、玄関までおいでください」

男はそう言ってから、門扉を横へ左右に開いた。

小日向律子という女は、戸惑って夜明を振り返った。何かにつけて世間ずれしていないせいか、小日向律子は男の指示に逆らえなかった。おずおずと戻って来て、女は車の中を覗き込んだ。

「料金を払ってしまってから、申し訳ないんですけど、玄関までいってもらえますか」

小日向律子は、ベソをかきそうな顔でいた。

「サービスしましょう」

夜明は、機嫌よく答えた。

玄関まで行けば大町千紗に会えると、夜明は楽しくなっていたのだ。すでにメーターを元に戻しているタクシーに、小日向律子は再び乗り込んだ。門を通過して、車は砂利道へはいる。

タイヤが砂利を踏みつけ、弾き飛ばす音を久しぶりに聞いた。車を徐行させて、左右に目を配る。緩やかにカーブする砂利道の両側に、手入れが行き届いた芝生の緑が広がった。道は途中で、二筋に分かれる。

細いほうの道は藤棚のトンネルを抜けて、右手の南向きの庭へと伸びている。左側にガレージがあって、外車二台と国産車が一台、並んで納まっていた。正面に、玄関があった。

ポーチがあり、左右から車寄せにはいれた。ポーチや玄関付近の壁面には、大理石が使われている。三階は一部分だけだが、豪壮な邸宅そのものが見えた。びっくりするほど大きくはないが、窓の数からいっても十室はあるだろう。

玄関の白いドアが、開け放たれていた。大きいドアで、観音開きになっている。その片側の幅広い扉が、開かれているのだった。女が二人、立っていた。

ひとりは四十前の女で、一歩退いて控えている。その女は、使用人と見てよかった。使用人を従えて、迎えに出ている女は白いワンピース姿であった。紛れもなく、あの大町千紗である。

いくらか、大人の顔になっていた。しかし、年輪を感じさせるということであり、決して老けてはいなかった。大町千紗の容貌もスタイルも、九年前に一度再会したときとまったく変わっていない。

夜明は、車を停めた。小日向律子が、地上に降り立った。大町千紗は、まだ夜明に気づいていない。無理もなかった。警察官だった夜明が、タクシーの運転席にいるとは、思ってもみないだろう。

「いらっしゃい」

大町千紗は、小日向律子に笑いかけた。

ただの美女ではなく、ヨーロッパの古城にいるお姫さまのように、気品と清らかさを感じさせる。真っ白な肌が年をとらず、清潔感と繊細さが実に女っぽい。そのうえ、チャーミングな笑顔であった。

「すっかり、ご無沙汰しちゃって……」

小日向律子が、丁寧に頭を下げた。

大町千紗の前に立つと、小日向律子は平凡で野暮ったい女に見えた。

「東京から、タクシーで来たのね」

孫悟空マークだから東京のタクシーだとは、大町千紗にもわかったようだった。

「ええ、上野駅からです」

小日向律子は促されて、大町千紗の背後の女にボストンバッグを渡した。

「そう。どうも、ご苦労さまでした」

大町千紗は、タクシーの運転席に会釈を送った。

初めて、夜明に目を向けたのだ。視線が、ぶつかり合った。夜明は、ニヤリとした。大町千紗は、怪訝そうな目つきになった。信じられないというように、大町千紗は運転席のドアに近づいて来た。

「まさに、奇遇ですね」

夜明は、サングラスをはずした。

「日出夫さん……」

大町千紗は、息を呑むという表情になっていた。

「まったくの偶然で、お客さんを乗せて来たら、行き先がこのお宅だったんです。門の表札を見たときも、まさかと思いましたよ」

　夜明は、運転席の窓ガラスを降ろした。

「いったい、どうなってしまっているんですか」

　目をしばたたく大町千紗の顔に、ようやく笑いが漂った。

「わたしのほうも、ただもう驚いているんです」

　夜明は、坊主刈りの頭を叩いた。

「こんなことって、世の中にあるものかしら」

　興奮気味らしく、大町千紗は頬を上気させていた。

「目に見えない糸に、引っ張られて来たみたいですね」

　夜明には、眼前の千紗の顔がまぶしかった。

「夜明さんとは、ご縁があるんですのね」

　千紗は、『日出夫さん』とは呼ばなくなっていた。

「銀座で九年ぶりに再会したのも、偶然だったですからね」

「だって、今日もまたそれから九年後の再々会って、そういう計算になるんですもの。何だか、恐ろしいみたい」

「この次もいまから九年後に、お会いするかもしれませんね」

「とにかく、おはいりになってください。こうなったら、お客さまとしてお迎えしないと……」

「そうは、いきませんよ」

「あら、どうしてかしら」

「わたしはお宅まで、お客さんを乗せて来ただけのタクシーの運転手ですからね」

「そんなこと、問題じゃございませんでしょ。わたくしたち幼馴染みなんですし、幼馴染み同士が九年ぶりにお会いしたんですものね」

「ですが、勤務中なんでね」

「サボっては、いけないんですの」

「自分の稼ぎが、悪くなります」

「一時間ぐらいでしたら、よろしいんじゃございません？」

「一時間ですか」

「せめてお茶でも、召し上がっていただきたいわ」

「だったら一時間だけ、お邪魔することにします」

「わあ、嬉しい」

大町千紗は、無邪気に喜んだ。

「どうも、妙なことになりましたな」

運転席のドアをあけて、夜明は照れ臭さを感じていた。

だが、仕方がなかった。成り行きとは、こういうものだった。時間としては夕方だが、夏の太陽はまだ明るい。六時に、東京へ向かえばいいだろう。交通渋滞にぶつかったと思えば、一時間のロスに深刻になることはない。

一階の三十畳ほどの広間へ、夜明と小日向律子は通された。応接間を兼ねたリビングであり、サンルームのような明るさであった。一隅に赤いカウンターのバーが設けられ、その隣りにはクリーム色のピアノが据えられている。

黒い絨毯(じゅうたん)を敷き詰めた二ヵ所に、ソファやアーム・チェアが円型のテーブルを囲んでいた。ほかに金色のフロア・スタンドが点在し、テレビや書棚などが置いてあった。バーのカウンター、ピアノ、二つのテーブルのうえには、紅バラの花が豪華に飾られている。

廊下側の二ヵ所に白いドアがあって、そのあいだの壁に三点の絵画が掲げられていた。三点とも、ドガを思わせる踊り子と競馬の絵画だった。バーと反対側の壁際には、豪華なステレオのセットが取り付けられている。天井の五ヵ所に、大小のシャンデリアが認められた。

南の庭園に面しては、広々としたガラス張りになっていた。三ヵ所が、開閉できるガラス戸であった。外側に、赤煉瓦風のバルコニーがある。そこから先は、一面の芝生の緑だった。

庭園の遠くの石塀沿いは、松林で埋まっている。そのために直接、一望するという海はない。だが、松林の樹間には、海が見えていた。まだ、日が高いので海面は、紺色を保っている。

このあたりの海はヨットがさかんで、ヨットハーバーがいくつもある。夏の海上なので当然、帆走するヨットが多い。松林の彼方を走るヨットの白い帆が、紺色の海を鮮やかに飾っていた。

庭園の中央部に、小型ながら円形の噴水があった。噴き上げられる水が涼しげに、周囲の水面に浮かぶ睡蓮の葉を叩いている。庭園の右手には、噴水との相似形を計算したように円形のプールがある。

競泳用ではなく、水遊びを楽しむプールだった。それで、あまり大きくはない円形になっていた。その代わりプール・サイドもプールの中も、真っ白なタイルを用いて彩色に凝っている。

プール・サイドのあちこちに、ビーチ・パラソル付きのテーブルと、デッキ・チェアが置いてあった。そのうえ、プールを囲んで二十本ほどのビロウ樹が植えられていた。プールとビロウ樹だけを眺めれば、亜熱帯地方にいる気分である。

逆方向の庭園の左寄りには、赤い屋根の東屋（あずまや）があった。その手前の塀の近くという目立たない場所に、ゴルフの練習用のネットが張られている。東屋の屋根のうえの風見鶏が、南からの潮風を示していた。

プール、東屋、噴水の周辺には、舗装された歩道が通じている。歩道に沿った両側には、沈丁花の低木が植えられていた。バルコニーの左右には花壇があって、松葉牡丹ばかりの紅、黄、白に染まっている。

防音になっている二重のガラス戸を開くと、珍しくミンミン蟬の声が聞こえた。海からの風も陸地でたちまち熱風に変わり、冷房が利いている室内へ容赦なく流れ込む。夜明はあわてて、ガラス戸を閉めた。

「素晴らしい庭ですね」

夜明は、向き直った。

「ご紹介いたしますわ。わたくしの母方の従妹で、小日向律子と申します」

大町千紗は遠来の客を、夜明に引き合わせた。

「夜明です、よろしく」

タクシーの客とこのように挨拶を交わすのは初めてのことで、夜明はますます奇妙な気分になっていた。

「小日向です」

千紗の従姉は、礼儀正しく腰を折った。

「盛岡から、参りましたの。中学の教師をしております」

大町千紗が、そう口を添えた。

「学校の先生ですか」

夜明は改めて、小日向律子を眺めやった。

「あんまり岩手県を離れませんので、何をするにも不慣れでして……」

小日向律子は、顔を赤くしていた。

使用人の女が、紅茶を運んで来た。小日向律子は、使用人と一緒に部屋を出ていった。トイレに、案内してもらうのだろう。長時間タクシーに乗っていたのだから、トイレを借りるのは当然であった。初めてのこの家を訪れた律子には、トイレがどこにあるのかわからないのだ。

「ご家族は、いらっしゃらないんですか」

気になっていたことを、夜明日出夫は質問した。

「ええ」

大町千紗は夜明に、アーム・チェアをすすめた。

「ひとりも……？」

アーム・チェアに、夜明は尻を沈めた。

「ここに住んでおりますのは、わたくしと田代夫婦、ドーベルマンが二匹と文鳥が二羽ですわ」

千紗は、ソファにすわった。

「田代夫婦というのは門まで来てくれた男の人と、いまここにいた女の人のことなんですか」

「はあ。二十年も前から大町の家におりました運転手とお手伝いが、十年ほど前に結婚しましたの。この家を建てたときから夫婦住み込みで、こちらで働いてくれておりますのよ」

「男性は、庭の管理が仕事ですか」

「お庭の手入れ、ドーベルマンの世話、プールのお掃除、それに車を運転することもあって、とても大変みたいです」

「用心棒も、兼ねるんでしょう」

「まあね」

「女性のほうは、家事全般か」

「夫婦そろって、よくやってくれていますわ」

「あなたは、どうなんです。ご主人が、いらっしゃらないはずはないでしょう」

「それが、おりませんの」

「独身なんですか」

「田代さんたちも、ドーベルマンも文鳥も結婚しておりますのに、この家でわたくしだけが独身なんです」

「結婚の経験も、全然ないんですか」

「はあ」

「どうしてなんです」

「どうしてって、つまりご縁がなかったんでしょう。わたくしもう一生を、独身で通すつもりでおりますの」

「あなたにはもしかすると、独身でいようとする意思が先行して働いているんじゃないですか。なぜ結婚を避けるのか、理由がさっぱりわかりませんね」

「強いて申し上げれば、男性恐怖症っていうことになりましょうね」

「男嫌いだなんて、もったいない」

夜明は、本音を吐いていた。

「もったいないだなんて、おもしろいことをおっしゃるのね」

口に手を添えて、大町千紗は笑った。

しかし、千紗の目は笑わずに、むしろ暗い眼差しになっていると、夜明は見て取った。

4

小日向律子が、戻って来た。律子は千紗と並んで、ソファに腰をおろした。三人がそろったので、紅茶に口をつけることになる。夜明と律子は、砂糖を入れた。千紗だけが、砂糖抜きのレモンティーだった。

「どのくらい、ここにいられるのかしら」

千紗が、律子に話しかけた。

「一週間です」

律子は紅茶を飲むのに、やや猫背になっていた。

「学校も、夏休みですものね」

千紗はセミロングの髪を、後ろで左右に振るようにした。

「厳密には、わたしたちに夏休みという休暇はないんです」

律子は、首をすくめた。

「あら、そうなの」

「だって、お給料をもらうんですもの」

「でも、休めるんでしょ」

「教師の自宅研修という名目でね。それに出勤日も、ちゃんとあるんです。その出勤日も、ほかの先生に代わってもらえたので、まるまる一週間は休めます」

「よかったわ」

「何かあるんですか」

「来週の四日間、わたくしここにひとりきりで、いなければならなかったの。田代さん夫婦が、福島の郷里へ帰ることになるので……」

「お盆休みですか」

「八月十五日が、月遅れのお盆っていうことでしょ。それで田代さん夫婦は十四日に出発して、ここへ戻ってくるのは十七日なんですって」

「田代さん夫婦って、福島の方だったんですか」

「旦那さんのほうが、会津の出身ということだわ」

「だけど、おかしいですね。田代さん夫婦はお盆休みに東北へ帰省するのに、わたしは逆に東北から出て来て逗子で過ごすんですもの」

「故郷を一年中、遠く離れていればね。どうしても年末年始とお盆には、帰省することになるわ」

「わたし来週の十八日に、田代さん夫婦と入れ違いに出発します」

「でも、よかったわ。あなたと二人なら、寂しい思いをしなくてもすむでしょ。律子さんが来てくれなかったら、わたくしどなたかお呼びするつもりだったの」

「ここにいられるのは、とても素敵なことだわ。外国か別荘に、来ているようですものね」

「それほどでもないでしょうけど、明日から湘南海岸、鎌倉、三浦半島ってご案内するわ」

「よろしく、お願いします」

膝のうえに両手を重ねて、律子は頭(ず)を低くした。

「そうそう、是非とも伺いたいことがありましたの」

千紗は、夜明に視線を移した。

夜明を無理に引きとめておきながら、律子とばかり喋っていては申し訳ないという気遣いが、千紗の目に感じられた。

「何です」

夜明は、いささか肉が厚くて高い鼻を、手で包むようにした。

「夜明さんのご職業ですわ」

千紗は、真剣な面持(おもも)ちでいた。

「ああ、そのことですか。なぜタクシーの運転手になったのか、という質問なんでしょう」

夜明は上半身全部で、何度もうなずいた。

「九年前に銀座でお会いしたとき、夜明さんからご職業を伺ったし、お名刺もいただきましたわ。ですけど、そのときの夜明さんは、警視庁の捜査一課に勤務されておいでだったでしょう」

「そうでした」

「それなのに、いまはタクシーの運転手さんに、変身なさっていらっしゃるってことは……」

「要するに、警視庁を辞めたっていうことですよ」

「それは、いつのことですの」

「三年前です。三年前に、警視庁捜査一課の強行犯捜査五係から、わたしの名前は消えました。それまでは間違いなく、強行犯つまり殺人事件専門の刑事でした。退職したときの階級は、警部補だったです」

「三年前ですか」

「退職後の一年は離婚のゴタゴタがあったり、第二種免許の取得やタクシー近代化センターの受験があったりで、何となくすぎてしまったですね。だから、タクシードライバーの経験は、二年ってことになります」

「離婚なすったんですの」

「子どもがひとりいましたが、女房のほうが引き取りました。この二年間は、養育費なんかの仕送りのために、稼いでいるようなもんですよ」

「夜明さんも、独身なんですのね」

「おふくろと二人暮らしですから、まあ外食ばかりってことにはなりません」

「離婚の原因は、どういうことでしたの」

「わたしが警視庁を退職したことに、関連してでしょう」

「でしたら、なぜ警視庁をお辞めになったんですか」

「トラブルが、あったんです。それもわたしの軽率、不明、油断が因(もと)で生じたトラブルでした。ある殺人事件の被疑者の妹が、参考人として供述した際に、わたしと深い仲にあるって言い出しましてね」

「まあ……」

「もちろん、それは被疑者の妹の攪乱(かくらん)戦法でして、完全な作り話だったんです。しかし、そのことが一部のマスコミに洩れて、記事になりました。殺人事件の被疑者の妹と、警視庁捜査一課強行犯捜査の刑事が、愛人関係にあったというんでは、収拾のつかない大問題となります」

「そうでしょうね」

「警視庁の内部では、誰も本気にしませんでした。ですが、わたしがその被疑者の妹と、親しかったことは事実です。それがトラブルの原因なんですから、責任はわたしにあります。それでわたしは一身上の都合によりと、強引に警視庁を退職させてもらいました」

「そのことが同時に、離婚の原因にもなりましたのね」

「女房もトラブルそのものを、信じたわけじゃないんですがね。そういう低次元のトラブルを招いて、警視庁の刑事を辞職したってことで、わたしに愛想を尽かしたんでしょうよ」

「夜明さんもいろいろと、ご苦労をなすっておいでなんですのね」

「根っからの刑事のつもりでいたんですが、まったく恥ずかしい話です。あるいは柔道五段、剣道三段というのが、唯一の取柄の男だったのかもしれません」

「せっかくの刑事さんをお辞めになって、それこそもったいないという気がします」

「わたしにも、お伺いしたいことがあるんです。千紗さんはどうして、結婚されなかったんですか」

「また、そのお話ですの」

「独身を続けることを、よくご両親がお許しになりましたね」

「両親は、亡くなりましたわ」

「そうだったんですか」

「八年前でしたか、わたくしがフランスから帰国しました翌年に、父と母が四ヵ月を置いただけで亡くなったんです」

「銀座でぱったりお会いした、あの翌年ですね」

「はあ」

「それも一年のうちに、ご両親が亡くなられたんですか」

「そうなればひとりっ子ですから、いいにつけ悪いにつけ、わたくしの自由ってことになりますでしょ。それでわたくし、ここにこの家を建てましたの」

「ご両親が亡くなられた家を出て、心機一転を図ったというわけですか」

「ひとりぼっちになったんだから、自立の精神を養いながら新しい人生に踏み出そうって、そういう気持ちでしたわ」

「このお宅は、いつごろ建ったんです」

「ここの土地は、むかしから父が所有しておりましたものですから、宅地造成と建築だけに時間がかかりました。松林をはじめ庭木のほとんどは、ここに生えていたものを活用したんですのよ」

「そのようですね」

「完成したのは、六年前です」

「じゃあ、六年前からこのお宅に、住んでおられるんですね」

「はあ」

「自由が丘のお屋敷は、処分されたんですか」

「いいえ、わたくしの東京の家として、まだそのままございますわ。ですけど父の弟、わたくしの叔父の一家が、いまは住んでおりますのよ。その叔父が、現在の大町製作所の代表取締役を、引き継いでくれておりますしね」

「話を伺った限りでは、千紗さんの結婚を妨げるようなことは何ひとつ、ないみたいじゃないですか」

「支障があって、結婚しないわけではございません。わたくしの主義として、独身でおりますのよ」

「さあ、その千紗さんの独身主義っていうのが、わからないんだな」

ギョロっとする大きな目で、夜明日出夫は笑った。

「ですから、男性恐怖症だって申し上げたでしょ」

大町千紗はまたしても、夜明の視線を避けて愁い顔になっていた。

なぜ結婚しないのかという話になると、千紗の表情には翳りが生ずるようであった。千紗自身は笑顔を作るのだが、決して楽しそうには見えなかった。悲しいことを思い出すように、暗さがチラチラするのである。

「男に懲りた、ということなんですかね」

夜明は眉毛のうえのホクロを、ベルでも鳴らすように指先で押した。

「そうかもしれません」

千紗は、目を伏せていた。

「だったら、恋愛の経験はあるんだ」

大金持ちのお嬢さんでこれほどの美女を、泣かせる男もいるのかと夜明には不思議だった。

「それは生身の女として、当然でございましょ」

苦笑を浮かべて、千紗はイヤイヤをするように首を振った。

「どんな恋愛だったのか、お聞かせ願いたいですね」

こうした知りたがり屋は、刑事根性が失われていない証拠だろうと、夜明は自己嫌悪に襲われた。

「日出夫さんったら……」

千紗は二度目として、姓ではなく夜明の名前を口にした。

「わたしだって、転職や離婚の理由という滅多に明かしたことがない秘密を、告白したんですからね」

「そうでしたわね」

「その恋愛というのは、いつごろのことなんです」

「わたくしが、十九のときでした」

「じゃあ、フランスで……」

「はあ」

「恋人は、日本人だったんですか」

「いいえ……」

「フランス人？」

「はあ」

「フランスへ行かれて、間もなくの恋愛だったんですね」

「わたくし、まだ子どもでしたわ。そのうえ、外国という初めての世界でございましょ。孤独な生活の中で片言ながら、何とかフランス語が話せるようになって、初めて親しくなったフランス人という白人に、前後の見境もなく無我夢中になったんでしょうね。その人の職業なんかも、わたくし眼中にありませんでしたもの」

「どういう職業のフランス人だったんですか」

「船乗りでした、小さな貨物船の……」

「彼としては、浮気のつもりだったんですね」

「いいえ、一年以上は彼もわたくしも夢中で愛し合いました。でも……」

「どうしたんです」

「船員同士の喧嘩で、彼は刺し殺されました」

「殺されたんですか」

「ナイフで心臓をひと突き、彼は即死でしたわ」

「悲劇ですね」

「わたくし、死にたいくらいに悲しみました。そして、やっと悲しみを忘れかけたとき、わたくし男性恐怖症になりましたの。男性に夢中になるのは、重い十字架を背負うことだって……。どんなに愛し合っていても、必ず別れのときが訪れる。もう彼だけで、しあわせも悲しみも十分に味わった。二度と恋愛はすまいって、わたくし誓いを立てましたのよ。独身を通しているのは、そういうことの結果ですの。そう、ただそれだけのことですわ」

自分を納得させるように、千紗は深くうなずいた。

「余計なことを告白させてしまって、申し訳ありません」

夜明は、サングラスをかけた。

言葉では謝っておいたが、心に咎めるものはあまりなかった。千紗の告白は、事実に違いない。また、そのフランス人の船員との悲劇的な恋愛が、千紗の独身主義の原因のひとつになっているのも、確かなことだと夜明は思う。

しかし、あくまでひとつの要因であって、それがすべてとは受け取れなかったのだ。千紗の一生に影響を及ぼすような悲劇を経験したのであれば、彼女の身にもっと強烈なリアクションを生ぜしめたのではないか。

十九歳から二十歳という千紗が、異国において死にたいほどの悲しみを味わったのである。千紗は孤独感に耐えきれず、救いを日本へ帰ることに求めようとするはずであった。

だが、千紗がフランス留学の途中で、帰国したという話は聞いていない。

銀座で再会したときも、千紗は五年ぶりの日本だと言っていた。仮に千紗は二十歳で、生涯に一度の恋愛を終えたとして、それからなお三年間をフランスで過ごしたことになる。なぜ千紗は平然と、フランスでの生活を続けられたのか。

それは気持ちのうえで、恋人が殺されたという悲劇を、千紗なりに清算できたからに違いない。つまり、恋人の死がすべてではないのだ。千紗が恋愛も結婚も避けようとする理由は、ほかに何かあるのだろうと夜明は断じていた。

5

五日間がすぎて、八月十六日になった。月遅れの盂蘭盆（うらぼん）の翌日で、木曜日だった。この日の午後、夜明日出夫の身に異変が生じた。事故であった。

月遅れのお盆の民族大移動がいちおう終わって、明日の金曜日から日曜日にかけて、再びUターン現象で東京へ向かう高速道路は渋滞する。昨日、今日と嘘のように東京から、大量の車が消えている。

都心の道路が、あまりに閑散としていることに、戸惑いを覚える。年寄りは、昭和二、三十年代の東京を思い出す。若い連中は、いつもこのくらいガラガラだといいのになと、語り合う。

そうした意味では正月とともに、貴重なお盆の都心の風景といえた。タクシーにとっても、快適な仕事が可能となる。人間が少ないので、客も大勢はいなかった。だが、乗せる客がいなくて、困るということにはならない。

自分で車を運転しない人々が結構、都心を歩いているものである。それに道路がすいていると、タクシーに乗ろうかという気持ちにもなる。

交通渋滞がないから、タクシーは短時間で客を運べる。そうなると効率がよくなるので、稼ぎも悪くはない。まあまあの売り上げがあって、そのときの夜明は千代田区の五番町にいた。

五番町の交差点で、信号が赤になった。孫悟空タクシーは、ゆっくりと停車した。客は乗せていなかった。直進すれば九段、右の方角は麹町（こうじまち）、左折すれば市ケ谷の駅だった。夜明は、サングラスの奥で目を閉じていた。

ドーンという音がして、車が浮き上がるような衝撃があった。ブレーキを踏んでいた足に、夜明は反射的に力を集中した。停止線から飛び出した車だが、キーッとタイヤが鳴って停まった。

追突されたのである。夜明はシートに後頭部を打ちつけたが、何よりまず背後に目をやらなければならなかった。緑色のトラックだった。運転席にいる男は、ドアをあけようともしない。

赤信号で停車しているところを、追突されたのであった。百パーセント、責任は相手にある。それにもかかわらず、トラックの運転手は降りてこようともしない。ふざけやがってと、夜明は頭に来た。

孫悟空タクシーの最後部のトランクが、半ば潰れている。トランクの開閉する部分は、折れ曲がって浮き上がっていた。ガス洩れは、ないようであった。夜明は、トラックの運転台に近づいた。

「おい、知らん顔でいる場合か」

夜明は、ドアを叩いた。

「ムキになって、あわてるなよ」

運転手は、乱暴にドアをあけた。

「そんな言い草があるか！」

夜明の低音が、大きくなってかすれた。

「何も初めから、喧嘩腰になることはねえだろう」

トラックの運転手は、路上に降り立った。

まだ若いが、立派な体格をしていた。上半身が、裸であった。首にタオルを、巻いている。隆々とした筋肉が、真っ黒に日焼けしていた。

「おれを、ナメるんじゃあねえぞ。なあ、ベイビー」

夜明は相手の首のタオルを摑んで、引き絞るようにした。

「野郎、何をしやがる！」

運転手は、右のストレートを繰り出した。

夜明は躱して、その右手首を握った。それを回転させて、相手の背中でねじ曲げた。柔道の逆手であり、男は動けなくなった。歩道には通行人が並び、徐行で通りすぎる車の中にも見物人がいる。

「痛っ、痛い！」

運転手が、悲鳴を上げた。

誰かが一一〇番したらしく、パトカーが急停車した。二人の警官が、駆け寄ってくる。

一方の警官が、夜明と運転手のあいだに割ってはいった。

「やめろ」

中年の警官は、夜明の腕を払いのけた。

その中年の警官の顔に、夜明は見覚えがあった。かつて警視庁に勤務していて、この警官が運転するパトカーにも夜明は乗ったことがある。

「お目にかかったことがありますね、お巡りさん」

夜明は、額へサングラスをずらした。

「これは、警部補どの」

ハッとなって、中年の警官は敬礼した。

「元警部補ですよ」

夜明は、ニヤリとした。

警部補とか元警部補とか聞いて、トラックの運転手は驚いた。びっくりしたあと、運転手は急におとなしくなった。悄然として、頭をかいている。

孫悟空タクシーとトラックを、バックさせて歩道に寄せるように警官が指示した。それから事情聴取と、事故の後処理が始まった。当然のことながら、事故の責任は全面的にトラックの運転手にある。

夜明のほうは、いっさいお咎めなしだった。建築資材の運搬をするトラックの運転手は、夜明に対して頭を下げっぱなしでいた。損害はすべて、トラックの運転手が弁償する。あとは、怪我の有無であった。

「ムチウチですね」

夜明は、後頭部へ手をやった。

「すぐそこの六番町に、田辺外科という病院があるんで、診察を受けたほうがいいですよ」

若い警官が、後方を指さした。

　トランクが潰れかけたタクシーを運転して、夜明は田辺外科病院へ向かった。病院は、すぐに見つかった。番町小学校の裏手にあり、中規模の病院だった。事故車を、駐車場に停めた。

　受付で事情を説明すると、外来の診察時間はすぎているが、すぐに診察室へ行くようにということであった。問診、触診がすんでから、脳波を取った。あらゆる角度から、頭の写真を撮影した。さすがに、ＣＴスキャンによる検査まではしなかった。

　ムチウチ損傷の可能性もあるからと、医師は入院をすすめた。入院というのは、いかにも大袈裟すぎる、家で安静にしていて、何か自覚症状があったら再び来院すると、夜明は医師に告げた。

　湿布をしたうえに、首を固定された。消炎剤と筋弛緩剤、それに一週間から二週間の安静を要するという診断書を受け取って、夜明は病院の玄関へ足を運んだ。ロビーの公衆電話を使って、孫悟空タクシーの目黒営業所に連絡した。

「追突されたのか」

　電話に出た業務課長は、声を曇らせた。

「車の損傷は、トランクが中破ってところです」

　夜明は、サングラスを指先で押し上げた。

「それで、どこにあるんだね」

「メモしてください」

「はいよ」

「千代田区六番町、番町小学校の裏手、田辺外科病院。そこの駐車場に、停めてあります」

「よし、いまから修理屋に、引き取りに行かせる。あんたは、これから診察を受けるのかね」

「いや、もう終わりました」

「入院か」

「面倒なんで、自宅で安静ってことにしてもらいました」

「それで、大丈夫なのかい」

「ただのムチウチ症で、一週間から二週間の安静を要するって診断書にはあります」

「だったら、一、二週間は自宅療養するんだな。公傷だから、まあ安心して休むことだよ」

「どうも、すみません」

「あんたには、罪も責任もないんだ。何よりも肝心なのは、ひどくならないでムチウチが治ることだろう」

「ええ」

「あんたはそのまま、自宅へ帰ることだ。それから、事故報告書と診断書を営業へ郵送してもらうよ」

業務課長はいつになく、やさしい口をきいた。

「前川運送の責任者が明日、営業所へ顔を出すはずです。トラックの運転手も、一緒でしょう。じゃあ……」

夜明は、あとのことは事故係に任せればいいと、電話を切った。

自宅へは、タクシーで帰ることにした。あいにくと、孫悟空タクシーは見つからない。ほかの会社のタクシーに、夜明は乗った。とんだ災難だったが、一、二週間も休養できるのだからと、夜明は自分を慰めた。

タクシー乗務員には、もちろん健康保険がある。事故についても東京ハイヤー・タクシー交通共済協同組合があって、いかなる場合もタクシー乗務員には負担がかからないようになっている。

また乗務員の業務上の災害に労災、労災保険のうわ積みの制度もあった。まして夜明の例は、営業中に事故の被害者となったのだから、文句なしに公傷の扱いとなる。休んでいて、収入がなくなるということはない。のんびりと、静養できる。

目黒本町の家についた。

新築の住宅が多い中で、古さが目立っている。建てて二十年近い家は、構造も建築様式もアカ抜けがしない。むかしはよく見かけた、という木造の家である。屋根瓦も傷んでいて、あちこちでペンキがはげ落ちていた。

　部屋が、どれも狭かった。二階が六畳と四畳半、階下が玄関、台所、風呂場、六畳が二間と四畳半、すべて和室であった。母親のタカ子と二人暮らしなので、窮屈な思いはせずにすんでいる。

　それに広くない土地でも、かなり高価になっていることが救いだった。三年前までは、夜明の妻と子どもがここに住んでいた。そのころは増築も考えたが、いまはどうせ売ることになる土地だからと、そんな気はまるで起きなかった。

　事故に遭ったこと、病院で診察を受けたこと、一、二週間は安静にすることを、夜明はタカ子に報告した。母親はおろおろしながら、階下の奥の六畳間に寝具をのべた。夜明はクーラーを入れて、布団のうえに大の字になった。

　だが、冷気は病人の身体に毒だからと、タカ子がクーラーを消した。廊下のガラス戸も窓も開け放たれているが、ちっぽけな庭は塀と隣家の外壁に囲まれていた。

　風は流れず、熱気を停滞させている。蒸し暑さが、たちまち汗を呼んだ。タカ子が古ぼけた扇風機を引っ張り出して来て、夜明の足元へ生温かい風を送った。逗子の大町邸を思い出し、夜明はうらやましくなった。

　翌日の午前中に、前川運送の運転手とその上司が、お詫びとお見舞に訪れた。正午をすぎて間もなく、目黒営業所の業務課長が見舞に来た。まだ郵送してなかった診断書を、夜明は業務課長に手渡した。

午後三時には目黒営業所の運転手が、同僚を代表してということで見舞に立ち寄った。夜明の枕元には、果物籠ばかりが並んだ。しかし、それも三個までだろうと、夜明は踏んでいた。ほかに見舞にくるような人間の心当たりがなかったのだ。

まだ頭痛も吐き気も、感じられない。首の痛み、しびれもなかった。ムチウチ症独特の自覚症状が、まったくないといえそうであった。もしかすると、完全なムチウチ症にはなっていないのかもしれない。

それなのに安静を要するとの診断書を勤務先に出して、一週間も二週間も休むことになる。仮病、ずる休み、サボるのと変わらない。見舞客にお大事にと言われるたびに、夜明は心に咎めて恐縮した。

タカ子が夕刊を置いて、去っていった。夜明は、顔のうえで夕刊を広げた。退屈なので、丹念に読む。社会面に移ると、本能的に夜明の目は殺人事件の記事を捜す。それらしい記事が、上段の左寄りにあった。

料理屋の女性経営者を撲殺

顔見知りの犯行か

そうした見出しの下に、『蒲郡市』という活字が並んでいる。夜明は、額に皺を寄せた。料理屋の女経営者と蒲郡市というのが、知っている人間のような直感を、夜明の頭に招いたのだった。

知人ではなく、タクシーに乗せた客である。最終の『こだま』に乗って来て、東京駅の丸の内中央口で夜明のタクシーの客となった。行き先は、芝公園の東京プリンセス・ホテルであった。

女は『蒲郡・名物えびせんべい』とある紙袋を持っていた。連れの男と、タクシーの中で言い争いを続けた。愛知県県会議員である連れの男が、次の総選挙に出馬するというのが争いの原因だった。

女はホテルについたとき、タクシーの座席にセカンド・バッグを落としていった。夜明はそれをホテルのフロントにいた女に渡して、謝礼も受け取らずに立ち去った。

だが、その前に夜明は念のために、セカンド・バッグの中身を調べている。セカンド・バッグの中には、現金四十万円と男女の名刺がはいっていた。男の名刺には、県会議員という肩書きが認められた。

名前は、夏木潤平であった。

女の名刺の活字は『割烹料理・千代田』、『高月静香』、『蒲郡市形原町』と読めた。蒲郡市の料理屋の女経営者となると、この高月静香がぴたりと重なる。

　高月静香と夏木潤平をタクシーに乗せたのは、先月の二十七日だったと記憶している。あの日、午前中に乗せた母子の客のうち幼児のほうが、あと五つ寝ると八月だねと、しつこく繰り返していたのを夜明は忘れていなかったのだ。

　七月二十七日に、間違いない。あれからまだ、二十日余りであった。タクシーに乗せた客が、二十日後ぐらいに殺される。夜明としては、まさかと思いたい。しかし、夕刊に載っている被害者の顔写真を見れば、そうはいかなくなる。

　やや若く撮れている写真だが、あの高月静香の印象とそっくりである。しかも、顔写真の下には『高月静香さん』と、被害者の氏名が記されている。やはりそうかと、夜明は暑さを感じなくなっていた。

　記事によると、高月静香が殺されたのは八月十六日の早朝となっている。まだ解剖結果が出ていないので、確かな死亡推定時刻には触れてないのだろう。いずれにしても、月遅れのお盆の翌日の殺人である。

　高月静香、三十二歳、割烹料理『千代田』の経営者は、昨日の早朝に殺された。犯行現場は、蒲郡市形原町の『千代田』と棟続きの住宅であった。

　死体を見つけたのは、昨夜の十時に高月静香の住まいを訪れた知人と書かれている。警察が事件の通報を受けたのは昨夜の十時すぎ、そのために東京の新聞で報じられるのが今日の夕刊になったのだろう。

発見者はただ知人となっているが、夏木潤平さんではなかったのか。

「いやいや、おれはもう刑事じゃないのさ」

夜明は夕刊を投げ捨てて、のど飴をしゃぶった。

6

八月二十一日、火曜日を迎えた。

その後、詳しい情報が新聞にも載らないし、高月静香が殺された事件は夜明の頭から払拭されがちになっていた。それよりも休むのをやめて出勤しようかと、夜明は考え始めている。

相変わらず頭痛、吐き気、しびれといった症状は起きていない。ムチウチ症には、ならなかったのである。消炎剤や筋弛緩剤などを服用しなくても、どうということはなかった。

一日、横になっていると、身体を持て余して、イライラする。退屈で退屈で、どうにかなってしまいそうだった。それらが、病人ではないという証拠だろう。ビールでも飲もうか、という気にさえなる。

一日が長く感じられて、なかなか暗くならないのがまたやりきれなくなる。ようやく夕闇が忍び寄って来たところ、玄関で訪問客の大きな声が聞こえた。誰の声だかわかったが、あまりの珍客ということで、夜明には信じられなかった。

「愛知県警の丸目さんが、お見えになったわよ」

タカ子が驚いた顔で、料理箸を持ったままで奥の六畳へ駆け込んで来た。丸目平八郎は何度か、この家に来ているので、タカ子も面識があった。だが、三年ぶりに現われた珍客に、タカ子はびっくりしたのだ。

「やっぱり、丸さんか」

夜明は、起き上がった。

「ここに、お通しするの」

タカ子は、散らかっているあたりを見回した。

「いや、二階のほうがいいな。それから、こっちの用意も頼みます」

夜明は、酒を飲む手つきをしてみせた。

「病人が、お相伴（しょうばん）していいのかね」

六十五歳になったタカ子の目つきが、急に鋭くなった。

「もう、治ったんですよ。だから、快気祝いだ」

夜明は、パジャマを脱いだ。

玄関へ戻ったタカ子と、丸目平八郎が喋っている。丸目平八郎は声が大きいことで、名物男になっていた。どこにいても、その声が大きいことから、丸目の存在は知れるのだった。

丸目平八郎は、いわば心の友であった。親友というふうに、常に交流がある間柄ではない。滅多に会わないのだから、形に表われる交誼や友誼にはならないのだ。同じ警察官だったが、警視庁と愛知県警では職務上の接触もなかった。

夜明と丸目を結びつけたのは、柔道であった。毎年、全国警察官柔道選手権大会が、開催される。三年前までの七年間、夜明は警視庁を代表する選手として常時、全国大会に出場した。

愛知県警からは、必ず丸目平八郎が出場した。夜明と丸目はともに柔道五段、毎年のトーナメント戦に決まって準決勝まで残った。実力ナンバーワンを競い合う好敵手同士と、いつも二人の試合は注目を浴びた。

年に一度、全国大会で顔を合わせる。それを機縁に一緒に飲んだり、互いの家を訪問したりする。そういう二人の仲であり、たまにしか会わなくても気持ちは通っている。男心の友であった。

名目上の親友などよりも、はるかに頼りになる。いざという場合には、とことん尽くして声援を惜しまない。夜明が三年前に警視庁を辞職したときも、真っ先に電話で相談したのは丸目平八郎だった。

タカ子と丸目の話し声が、階段から二階へと遠ざかっていく。夜明が事故に遭ったことを、タカ子は丸目の耳に入れているらしい。夜明は、浴衣(ゆかた)に着替えた。

部屋を出ると階段の下に、きしめんが詰まった大きな箱と、日本酒の一升瓶が置いてあった。きしめんは、名古屋からのみやげである。それに日本酒のほかは飲まない丸目なので、いつも一升瓶を持参で現われるのだ。

夜明は、二階へ上がった。夜になって南北の窓をあけると、二階の六畳間は風に吹かれて涼しい。座卓を前にして、丸目平八郎がタバコを吸っている。

立派な体格は、見るからに柔道タイプであった。首が太くて、短かった。身体に厚みがあって、横幅も実に広い。後ろ姿は、真四角という体型だった。

それでいて、顔はみごとにまるかった。二十代のときから髪が薄く、前頭部は禿げ上がっていた。血色のいい童顔で、太陽のようにまんまるい。

『丸さん』と呼ばれるのは、もちろん丸目という姓からである。だが、小学生の絵の太陽のように顔がまるいということも含まれていた。

「やあ、いらっしゃい」

丸目平八郎の姿を見て、夜明は百万の味方を得たように嬉しくなっていた。

「どうも、大変なご無沙汰」

丸目は童顔を綻ばせて、夜明を見上げた。

「お互いさま」

窓を背にしている丸目と、夜明は向かい合ってすわった。

「三年ぶりだね」

丸目はタバコの火を、灰皿に何度もこすりつけた。

「だけど、三年ぶりって気がしないな。丸さんが全然、変わらないからだろう」

夜明は、丸目の白いワイシャツと赤系統のネクタイを、眺めやった。

「いや、年を取りましたよ」

「丸さんは、一向に老けないね」

「若いときから頭が禿げていたんで、急に老けて見えないだけさ」

「いくつになったんだっけ」

「夜明さんより、ひとつ下ですよ」

「三十七か」

「そう」

「まだ、警部補かな」

「相変わらずね」

「部署も、変わらないんだ」

「捜査一課、強行犯捜査二係。警部昇進にも人事異動にも、当分のあいだ縁がなさそうだ」

「今年の全国大会は、どうだったんだ」

「去年から、出場していない」

「ほんとですかね」

「もう、柔道の全国大会なんかに、出る年じゃありません。それで去年から、若手と交代したんだ」

「もったいないな」

「柔道で痛めた古傷が、気になって来たしね」

「ずいぶん、弱気になったもんだ。丸さんはまだ、三十一、二歳で立派に通るんだから……」

「ご冗談を！」

「こっちも柔道にはとんとご無沙汰なんで、偉そうな口はきけんがね」

「それに夜明さんがいない全国大会ってなると、おれも何となく出場しようという意欲がなくなってね」

「嬉しいことを、言ってくれるじゃありませんか」

「夜明さんもおれも同じく優勝が二回、準優勝が一回ってところで、引退するのがいいんじゃないかな」

「まあ、過去の話だって思えばね」

「ところで、事故に遭ったそうだけど、大丈夫なんですか」

「おふくろさまがまた、オーバーな話をしたんだろう」

「いや、おふくろさまから聞く前に、事故のことはもう知っていたよ」

「どうしてだ」

「今夜ここへお邪魔するには、まず夜明さんの勤務時間を知っておかなければならない。それで孫悟空タクシーの目黒営業所に、電話で問い合わせてみた。そうしたら先週の木曜日に追突されて、一、二週間の自宅療養だっていうんでね」

「そういうことか」

「ムチウチなんだろう」

「それがどうやら、そこまでいってないようでね。見たとおり、ピンピンしている」

「そんなことだろうと、実はおれも思っていたんだ。あの夜明五段の柔道だったら、ムチウチのほうが逃げて行く」

「身体を休めるには、いい機会なんだけど、退屈でたまらんのだ」

「独身でいるうえに、あんたには子どもがいないからね」

「丸さん、子どもは二人だったっけな」

「ひとりまた増えて、三人になった。家にいたら、退屈どころじゃないよ。いまは旅先にいて、ホッとしている」

「旅先だって丸さん、東京に何日もいるのかね」

「うん、昨日の朝から東京へ来ている。いつまで滞在するかは、まったく見込みが立たない」

「そうなると、大きな事件(ヤマ)を抱えているってことだな」

「ほかに、おれたちの東京出張の理由なんて、ありっこないだろう」

「うらやましい」

「何が……」

「ヤマを抱えて、捜査に打ち込めるってことがさ」

「そうか」

「おれは、根っからの刑事(デカ)らしい」

「捜査に確かな手応えがあれば、暑さも忘れるんだがね」

「今回のヤマは、難航しそうなのか」

「うん。被害者(ガイシャ)が地元より、東京と深くつながりを持っている。被害者の人間関係は、過去において東京で輪を広げているんだ。そういう意味で、捜査は面倒になるかもしれないよ」

「もしかすると、蒲郡の料理屋の女将殺しか」

夜明は両手で、座卓を叩いていた。

「知っていたか」

丸目はタバコを銜えて、前歯でフィルターを噛んだ。

「新聞の第一報を読んだだけだから、詳しいことは何もわかっちゃいない」

夜明の大きな眼球が、ギョロッとする動き方をした。

「だけど、それにしちゃあ夜明さん、何か目の色が変わったという感じだな」

丸目は、タバコに火をつけた。

「それが実は、奇妙な因縁があるんだ。先月の二十七日の夜、東京駅から芝公園のホテルまで、おれはあの高月静香って女将をタクシーに乗せているんだよ」

夜明はすわり直して、畳が温まっているのに気づいた。

「ほんとうかい」

丸目平八郎の童顔に、緊張感が漂っていた。

「高月静香はセカンド・バッグを、タクシーのシートに落としていった。すぐに届けてやったが、その前におれはバッグの中身を確かめてみた。中身は現金四十万円、それに女将自身の名刺と連れの男の名刺だった」

夜明は無意識のうちに、冷たくなったお茶を飲んだ。

「男の連れがいたのか」

丸目は、刑事の目つきになった。

「高月静香の愛人と、おれは見た。愛知県の県会議員で、名刺には夏木潤平とあったがね」

夜明は茶碗を置き損なって、茶托を遠くまで飛ばしていた。

「やっぱりあの二人、そういう関係だったんだな」

一服しただけのタバコを、丸目は灰皿に捨てた。

「死体を発見した女将の知人っていうのは、夏木潤平だったんじゃないのか」

「そう、発見者は県会議員だった。夏木潤平は被害者の単なる知人であって、いろいろと相談にも乗ってやった間柄だということで、最後まで押し通したよ」

「夏木には、妻子がいるんだろう」

「もちろんだ」

「だったら議員さんの立場上、愛人や二号がいたってことは、徹底して隠し通さなければならない。しかし、あの議員さんと女将は、夫婦同様の仲だった。百パーセント、間違いはない」

「われわれも事件後の短いあいだに、夏木県議と被害者が愛人関係にあったらしいという情報を、複数の人間から得ている。だけど噂だけで、確証はなかった」

「その気になれば、いくらでも隠せる。あの二人はもっぱら東京のホテルで、男女関係を結んでいたんじゃないのか」

「高月静香は東京生まれの東京育ち、二十六歳のときに蒲郡市に住みついたんだ。彼女の過去の歴史は東京にあって、そのせいか月に一度は上京していたそうだ。だから、東京のホテルを密会の場所としていたというのは、大いにあり得ることだな」

「あとは従業員が残らず『千代田』を休んだ夜、高月静香の住まいへ夏木潤平が忍んで行くという方法だ。今度の場合も、『千代田』の従業員は全員が休みだったっていうんじゃないのか」

「そのとおりだよ。月遅れのお盆ということで『千代田』は三日間の臨時休業、従業員はひとり残らず休暇をもらっていた」

「そういうときなら、女将と議員さんは二人きりになれる。完璧な密会なんだから怪しまれたところで、確証なしの噂だけに終わるだろう」

「それにしても、不思議だね。今回の蒲郡の事件の被害者に、夜明さんがそんな因縁をお持ちだとは……」

丸目は繰り返し、首をひねっていた。

「そういう因縁に免じて、ひとつ詳細について聞かせてもらいたいな」

茶托を拾って、夜明は指先で弄(もてあそ)んだ。

「地元の新聞では、連日のように報じられていることなんだから、何でもお聞かせしますよ」

丸目は立ち上がって、ハンガーに吊るしてある上着の内ポケットから、かなり傷(いた)んだ手帳を抜き取った。

間抜けた野郎だと、夜明は自分の頭を茶托で叩きそうになっていた。丸目が仕事で東京に出張だと言ったとき、なぜ高月静香が殺された事件の捜査だと、すぐにピンとこなかったのだろうか。

蒲郡市は、愛知県にある。そこで殺人事件が発生すれば当然、蒲郡署に捜査本部が設置される。同時に、愛知県警本部捜査一課の強行犯捜査の刑事たちも、出動することになるのだ。

丸目警部補は、愛知県警捜査一課強行犯捜査二係に、所属しているのであった。蒲郡での殺人事件を新聞で読んだだけで、丸目も捜査に加わっているかどうかと、真っ先に頭に浮かぶはずである。

それが、しばらくしてからハッとなって、初めて気づく。勘が悪くなって、頭の働きが鈍っている。脳のどこかが、反応しなくなったのではないか。そんな自分に、夜明は腹が立つ。

夜明にはまして一時間後のショックを、予想することなどできはしなかった。

7

タカ子の手料理が、二階へ運ばれて来た。刺身はあわてて、買いたしたものだとわかる。あとは茶碗蒸し、冷や奴、おでん、トンカツ、冷やしソーメンと、丸目平八郎の好物がそろっている。

特に関東炊きのおでんに、丸目平八郎は目がなかった。夏の真っ盛りだろうと、グツグツ煮えるおでんを前にして、丸目は冷や酒を飲むのであった。

「さっそく、お持たせを……」

鮨屋の湯呑のように大きな茶碗へ、夜明は一升瓶の酒を注いだ。

夜明はビールが好きだが、量は飲まなかった。ビールを三本ほど、時間をかけて飲む。すぐにご機嫌になるほうだが、醒めるのも早かった。そのために乱れたり、酔っぱらったりすることはない。

「解剖の結果は、先週の土曜日に出ている」

丸目は酒を飲み、おでんを食べ、タバコを吸い、手帳を見るという忙しさであった。

「うん」

夜明はコップをとめて、上目遣いに丸目を見据えた。

「被害者は高月静香、三十二歳、職業が割烹料理屋の経営、独身で同居する家族なし。本籍は東京、現住所は蒲郡市形原町。肉親は両親と弟が東京の本籍地に在住しているが、いまから六年前の二十六歳のとき、高月静香は家出同然に東京を去り蒲郡市へ移り住んだ。そのために肉親と絶縁状態になり、この六年間はいっさい音信不通、ただの一度も往き来していない」

「天涯孤独の身の上か」

「当人はそういったことを、まったく苦にしていなかったそうだ。家族や肉親は無用ということで、寂しさなんて知らない女だったらしい」

「タクシーに乗せたときだって、いかにも気の強そうなタイプでね」

「その代わり、東京には友人知人が多かったようだ」

「若いときから、男に対しては凄腕だったんじゃないか」

「結婚歴も、出産の経験もなしだ」

「凄腕だから、結婚したり子どもを生んだりしなかったんだろう」

「そうだな」

「死亡推定時刻も、解剖結果ではっきりしたはずだ」

「死亡推定時刻は解剖所見によると、あまり前後の幅なく限定されている。八月十六日の午前三時ごろ、幅があって前後一時間ということだ。それを裏付ける聞き込みの成果もあって、犯行時間は午前三時ごろと見ていいと思う」

「聞き込みの成果って、どういうことなんだ」

「『千代田』の常連の客が酔っぱらって、夜中に高月静香のところへ電話をかけている」

「女将に惚れている客が、酔っぱらったうえでよくやることだ」

「時間は、十六日の午前二時半をすぎていた。その電話で高月静香は、まだ起きているのよ、いまラーメンを作って食べているのと、そんなことを言っていたけど十分ぐらいして、電話をガチャンと切られてしまった」

「被害者は午前二時四十五分ぐらいまで、間違いなく生きていた」

「なるほど被害者は、まだ洋服を着たままだったし、ベッドにはいった形跡もなかった。犯行現場のテーブルのうえには、ラーメンが少量とスープの残った丼があった。そのラーメンの消化状況も、食べて間もなく絶命したことを物語っていたそうだ」

「まだ、食べ終わっていなかったのかもしれない」

「その酔っぱらった客というのが、またしつこくてね。もう一度、被害者に電話したんだな」

「そういうしつこさは、捜査を助けてくれる」

「時間は、午前三時十五分ごろ。ところが、いくら鳴らしても、電話に出る者はいない。

意地になって五、六回もかけ直したけど、通じないので諦めたそうだ」

「そのときには、もう殺されていたってことか」

「そう考えるべきだろう」

「犯行時間は、午前三時の前後十五分ずつ。その三十分間に、絞れるんじゃないか。死亡推定時刻は、八月十六日の午前三時ごろと断定できるな」

「まあね」

「新聞には十六日の早朝とあったが、夜明け前のまだ夜中ってことじゃないか」

「死因は頭蓋骨(とうがいこつ)陥没による脳挫傷、及び脳挫滅で、ほとんど即死の状態だったらしい。傷の痕跡から推して、十回かそれ以上は鈍器で強打されているそうだ。凶器はかなり重量のある金属の物体、たとえばブロンズ像のようなものということだ」

「その凶器は、現場に残っていなかったんだね」

「犯人が用意して来た凶器で、犯人が持ち去ったんだろう。ほかにも、遺留品は何ひとつ見つかっていない」

「指紋は、どうだった」

「普段から現場に出入りしていた人間の指紋しか、採れなかったってことだよ」

「目撃者も、まあ無理だろう」

「いまのところ、目撃者はゼロだ」

「苦しいな」

夜明は、唸っていた。

「手がかりは、極めて僅少ってとこだ」

丸目は、手帳を閉じた。

「動機の線は……」

夜明は、苦そうにビールを飲んだ。

「土地の人間に、高月静香を殺す動機はないようだ」

おでんのコンニャクに、丸目は辛子を塗りたくった。

丸目警部補の話によると、割烹料理『千代田』は繁盛していたということだった。蒲郡市に組織を持つ人々が、宴会に『千代田』をよく利用していた。ほかに、個人の常連客も多かった。

風光明媚で海の幸に恵まれている蒲郡ということもあって、愛知県内の各地から団体の固定客が『千代田』へ結構やって来ていた。あとはホテルからの紹介などで、旅行中の家族連れやアベックが『千代田』に寄った。

『千代田』の外観、建物内部の造り、規模や体裁は、まあ普通の料理屋並みであった。昼間の客を通すどの座敷からも、広々とした三河湾かあるいは海の一部が眺望できた。

営業時間は、午後二時からとなっていた。夜の終業時間は、客次第ということらしい。

従業員は板前が二人、女子のお座敷係が三人だった。高月静香も、客の応対に忙しかった。

もうひとり、一般の家事を任せているお手伝いがいた。従業員は残らず土地の人間で、全員が通いであった。従業員たちのあいだでは、姐御肌で気風（きっぷ）のいい女将の評判は上々である。

定連（じょうれん）や固定客の人気も当然、文句なしというところだった。近所付き合いも常識的ということで、他所者（よそもの）の高月静香を悪く言う人間はいなかった。

また、それ以上に深く交際していた蒲郡市民は、いなかったということになる。恨みを買うような浅からぬ因縁を、静香はいっさい持たなかったのである。つまり、利害関係に及ぶような相手が、蒲郡市にはいないのであった。

高月静香の交際範囲は、主として客と従業員に絞られる。静香の蒲郡での生活範囲も、割烹料理『千代田』のみに限られている。客と従業員を除いた人々からは、憎まれもしない代わりに関心も持たれない、という高月静香の存在だったのだ。

金銭上のトラブルも、まるでなかった。男女関係のもつれというのも、浮かび上がってこない。高月静香に岡惚れしていた客は、少なくなかった。だが、それもただ、それだけのことにすぎない。

客はあくまで、浮気のつもりでいる。静香のほうも簡単に、男に心を許すような甘い女ではない。あくまで客の言葉のお遊びと、女将の媚態であって、それ以上に進展した気配はない。

高月静香はお盆休みということで、八月十五日から十七日まで『千代田』を臨時休業とした。五人の従業員とひとりのお手伝いは、喜んで休暇をもらった。六人とも通勤者なので、十五日の朝からは『千代田』に近づいてもいなかった。

『千代田』と棟続きだが、裏の一部が高月静香の居住区になっている。店の一階の廊下の突き当たりに、居住区へ接続する出入口があった。

静香は居住区に引っ込むと、境界のシャッターをおろす。更にドアをしめて、内側から施錠する。それで居住区は完全に別世界となり、店のほうからの出入りは遮断される。居住区は、静香の私生活の場となる。

居住区は二階の寝室と日本座敷、階下の応接間、リビング、台所、浴室、トイレから成っている。それに、玄関があった。マンションのように一枚ドアの玄関で、踏み込みも小さかった。

それが外から直接、静香の居住区に出入りする唯一の玄関になっている。その玄関は、『千代田』の裏の敷地に面していた。塀と成長した樹木に囲まれている敷地内は、外からの見通しが利かなかった。

そこには砂利が敷き詰められて、五、六台の車を停められる駐車場になっていた。しかし、裏の通りへ迂回しなければならないので、『千代田』の客はあまりこの駐車場を使用したがらなかった。

高月静香は、車の運転をやらない。自分の車も、持ってはいない。それで静香も利用しないわけで、駐車場は空地と変わらなかった。高月静香はいつか、そこに家を建てるつもりでいたらしい。

『千代田』の客としてではなく、静香の居住区を訪問する人間が、この駐車場へ車を乗り入れる。あまり目立たない玄関前の木陰に車を停めれば、裏通りを行く人もまずは気づかないだろう。

高月静香は三日間の休暇を、家に引きこもって過ごす気でいたようである。それが、いちばんの休養になる。あるいは愛人とか特別な客とかを、自宅に迎える予定だったのかもしれない。

「わたしは三日間、ずっと家にいますからね。何かあったら、わたしのところに電話をよこしなさいよ」

高月静香は、従業員たちにそう言っている。

事実、八月十五日に静香が外出したという情報は、入手できていない。そして、八月十六日になる。八月十六日の午前二時四十五分ごろまでの静香の生存は、酔っぱらった客がかけた電話によって確認されている。その直後に、静香は殺されたのだ。

だが、静香の死体が発見されたのは、それから十九時間後のことであった。十六日の夜十時ごろ、静香の住まいの玄関前に夏木潤平がタクシーを乗り入れた。

料金を払いタクシーが走り出すのを待って、夏木潤平は玄関のチャイムを鳴らした。応答がないので、インターホンのボタンを押してみたが、結果は同じだった。

夏木潤平は、ドアのノブを握った。引っ張ると、ドアが動いた。夏木は約束があって来たのだから、静香が留守にしているはずはない。それにしても不用心だと、夏木は玄関の中へはいった。

夏木は勝手に上がり込んで、台所と浴室のあいだを抜けた。リビングへ出たとき、夏木潤平はその場に立ちすくんだ。テーブルの手前に椅子ごと倒れて、床に転がっている静香の姿があったのである。

静香は頭を打ち砕かれて、ドス黒い血に染まっている大部分が潰れていると、夏木潤平にもひと目で知れた。夏木は腰を抜かしそうになりながら、恐る恐る電話機に近づいて一一〇番通報した。

所轄の蒲郡署からパトカーが急行し、初動捜査班と鑑識がそれに続き、更に愛知県警捜査一課の強行犯捜査二係の出動となった。報道陣の到着は、かなり遅れたようだった。

被害者は、水玉模様のワンピースを着ていた。頭部以外に外傷はなく、抵抗の跡も認められなかった。テーブルのうえにはラーメンとスープが残っている丼、それに箸しか置いてない。いずれも、一人分であった。

台所には即席ラーメンを作った形跡が、そのままになっていた。リビングのクーラーは、消してなかった。店の廊下との境界にはシャッターがおりていて、ドアの鍵もチェーンも掛けてあった。

居住区の窓やアルミサッシのガラス戸も、シャッターで封じられ、戸締まりはすべて完璧である。玄関のドアが開かなければ、居住区は密室状態にあったといえるだろう。

ところが、玄関だけが出入り自由になっている。ボタン式と回転式の鍵、チェーンという三重の施錠が、残らず解除されていた。これは被害者が内側から三重の鍵をはずして、犯人を家の中へ招じ入れたからにほかならない。

「それで犯人は、顔見知りってことになるんだな」

夜明は、うなずいた。

「ちゃんとした客だったんだろう。被害者は、その客が訪れるのを待ち受けていて、家の中に入れたんだ。犯人は間髪を入れずに、高月静香に襲いかかった。最初の一撃で、被害者は意識が薄れて倒れる。あとは、滅多打ちだ。被害者は、絶命する。それを確かめたうえで、犯人は逃走した。そういうことなので、被害者は犯人にお茶の一杯も出していない」

吐き出すタバコの煙りで、丸目はいくつも輪を作っていた。

「頭が砕けて潰れるくらいの撲殺っていうのには、憎悪の動機みたいな執念が感じられる」

「そうなると古くからの友人、東京時代からの知り合いと考えなくちゃならない。それで昨日から東京に来て、被害者のむかしの知り合いをターゲットに聞き込みを始めている。被害者は東京の白蓮女学院高校を出ているんで、まずそこの卒業生から当たっているんだがね」

「白蓮女学院高校……？」

「いまでも、有名なお嬢さん学校だろう」

「中学から、大学まである」

「被害者宅の電話機の脇のメモ用紙に、片仮名が二文字だけ書いてあった。電話をかけて来た相手の名前を、何気なく書くってことがあるだろう。だとすると、何時ごろまでにそっちにつくって、連絡して来た犯人の名前だという可能性もある」

「名前らしく、読める字なのか」

「片仮名で、チサと書いてあった」

「チサ……！」

「何をそんなに、驚くんだ。チサって名前が気に入らんのかね」

「いや……」

夜明は狼狽の色を、隠しきれずにいた。

大町千紗も、白蓮女学院の中学と高校のはずだった。白蓮女学院高校を卒業して、大町千紗はフランスに留学したのである。おまけに、大町千紗と高月静香はともに三十二歳であった。

白蓮女学院高校で、同期だったのではないか。いや、同級生であったとしても、おかしくはない。そうなると千紗は、高月静香の古くからの友人のひとりなのだ。しかも、『チサ』という片仮名が、静香のメモに記してあったとは——。

「白蓮女学院高校の校友会名簿によると、一年から三年までの高月静香のクラスメートに、ひとりだけ千紗という名前の女の子がいる。大町千紗っていうんだがね」

丸目はもう、酒を飲んでいなかった。

「そうかい」

いったいこれはどうなっているんだと、夜明は目を閉じていた。

「夜明さん、おかしいな。大町千紗って人を知っているんじゃないのか」

丸目は夜明の隣りへ、尻を滑らせて来た。

「幼馴染みだ。ただ、それだけさ」

自然に体勢が崩れて、夜明は後ろに両手を突いた。

男嫌いか男性恐怖症か知らないが、とにかく気品に満ちたお姫さまのようなあの千紗の顔が、夜明の瞼の裏に描き出される。大町千紗とは、十日前に会ったばかりなのだ。
そのことを夜明は、丸目警部補には黙っていた。

第二章　買われた時間

1

翌日は朝から、何となく気が重かった。今日のうちに丸目警部補が、逗子へ行くものと察しがついていたからである。

丸目は大町千紗と会って、夜明の名前を持ち出すに違いない。そうなれば千紗は、今月の十一日に夜明日出夫にお会いしましたと、素直に認めることだろう。

丸目としては、夜明に裏切られたような気持ちを味わう。文句のひとつも、言わずにはいられない。それで丸目は今夜も、夜明家へ乗り込んでくるのではないか。

そのように読めているので、夜明はどうしても心が休まらない。悪いことでもしたように、落ち着けなかった。悪いことをしてはいないし、丸目を裏切ってもいない。ただ千紗と最近になって会ったことを、進んで明かさなかっただけにすぎないのだ。

そう自分に、夜明は言い聞かせる。だが、それでも胸のうちがすっきりしない。別に大町千紗を、庇おうとするつもりはない。あの千紗は犯罪などに、無縁の世界にいる人間なのである。

高月静香が殺された事件に、千紗を結びつけようがない。千紗を事件関係者として、注目するほうがどうかしている。申し訳ないが、丸目の思い違いであった。

したがって、千紗のことを心配したり庇ったりする必要は、まったくない。要するに、丸目警部補の口から初恋の人の名前が出たことが、夜明にはショックだったのだろう。

だいたい少年時代の知り合いが、犯罪に関係していると聞いただけで不愉快になる。むかしの大事な思い出を、ぶち壊されたような気がするのだった。

まして千紗は、初恋の相手ともいえるお姫さまであった。雲の上にいる千紗を、そっとしておきたかった。そのために夜明は、千紗のことに触れたがらなかったのである。

高月静香の電話メモに、『チサ』と書かれていた。

千紗と静香は、白蓮女学院高校で一年から三年まで、同級生として過ごした。

両者を結びつけるものは、これしかないのだ。だからといって、二人をどうして加害者と被害者の関係に置けるのか。とても、問題にはならなかった。

午後四時に、丸目から電話がかかった。おいでなすったなと、夜明は覚悟を決めた。丸目の文句というのを、聞くだけ聞いてやろうと開き直っていた。

「どうも、お疲れさん」

あぐらをかいた膝のうえに、夜明は電話機を置いた。

「どうだい、身体のほうは……」

丸目の太い声は、どこか笑っているようだった。

「もう、故障なしだ」

「それは、よかった」

「今夜も、ここへくるかい」

「そんな暇はないね」

「いまは、どこからなんだ」

「横浜だよ」

「横浜……？」

「神奈川県警本部に、挨拶に寄ったんだ。ついでに、電話を借りている」

「神奈川県警に、何の用があるのかね」

「逗子は、神奈川県にある。その逗子のあたりを歩き回るんだから、神奈川県警に挨拶を通すのは常識だろう」

「やっぱり、逗子へいったのか」

「大町千紗さんにも、お目にかかった」

「素晴らしいレディーだろう」

「おれにとっては、夢の国のレディーだよ。立派な豪邸にお住まいだったことには、大町製作所の先代の社長の令嬢だって聞いていたせいか、それほど驚かなかったけどね」

「逗子の帰りに、横浜に寄ったのか」

「使用人の田代夫婦とも会って、あれこれと話を聞いて来た」

「だったら、目的はいちおう果たせたんだな」

「いや、目的の最重要部分が、欠けていたよ。最高のレディーのアリバイを、裏付ける証人だ。それで、おれは今夜の東北新幹線で、盛岡へ向かう」

「盛岡で小日向律子って学校の先生と会って、アリバイの裏を取るってことか」

「あんたはそうして証人の名前まで、ちゃんとご承知なんだからね。それなのに、おれの前ではしらばっくれるんだから、ずいぶん水臭いじゃないですか」

「しらばっくれたわけじゃない。進んで言うことはなかった。訊かれないから黙っていたんだ」

「それもまた冷淡にして、非協力的すぎますね」

「一民間人だったら、自分の感情を優先して捜査に協力しないのは、当然のことじゃないか」

「わかります。こっちにも、怒るつもりはないんだ。もし夜明さんと最高のレディーが、ただの幼馴染みというだけだったら、おれにも多少の不満は残るけどね」

「ただの幼馴染みさ」

「いえいえ、最高のレディーの口ぶりによると、夜明さんと千紗さんは互いに初恋の相手だったらしい。それなら、夜明さんが私情を優先させても無理はないって、おれにも理解できる」

「まあ、好きなように受け取ってくれ」

夜明は、寝転がった。

丸目も、話題を変えた。

「元気で退屈しているんだったら、どうだい、上野駅まで出てこないか」

「いいだろう」

鳴りもしない古い風鈴を見上げて、夜明はニヤリとした。

「午後六時、上野駅の中央改札口、向かって右寄りにある二階のレストランで落ち合いましょう」

丸目は、電話を切った。

夜明は、盛岡まで行く気でいた。無茶なことだと反対されても、聞く耳は持たなかった。このままで、じっとはしていられないのである。今後どうなるかを、何が何でも見極めたかった。

万が一、大町千紗が被疑者としてクローズアップされるようなら、夜明が反証によってそれを覆さなければならない。そのためにも、遠くから推移を眺めているわけにはいかないのだ。

単なる私情ではなく、夜明の信念であった。大町千紗に殺人の疑いがかかることは、断じて許せない。それを阻止することが自分の義務のように、夜明には感じられてくる。

千紗への疑いを否定することによって、必然的に真犯人の存在が明らかになる。その真犯人を追いつめるということも、このうえない魅力となっている。

いったん灰になった刑事の本能に火がついたように、夜明は遮二無二突き進む意欲に燃えた。いまは何よりも、小日向律子の証言を聞くことが大切だった。だから、盛岡まで行くほかはない。

捜査中の刑事が、単独行動をとることはなかった。最少人数でも、二人でペアを組む。盛岡へ向かうにしろ、丸目は相棒を同行する。当然、蒲郡署の捜査本部の刑事だが、その相棒をどう納得させるかであった。

夜明は久しぶりに、スーツを着ることになった。あかるい紺色のスーツを選び、ワイシャツはブルーにした。黒地のネクタイを締める。茶色のサングラスをかけた。

荷物は、持たなかった。ポケットに財布、のど飴、ハンカチだけを押し込んだ。あきれた顔でいるタカ子を無視して、夜明はまだ新しい靴をはいた。

自宅療養中の病人となれば、同僚たちに見つからないようにしなければならない。何人ものタクシー乗務員の目を避けるには、電車がいちばん安全であった。

タクシーが通らないような道を選んで、夜明は東横線の学芸大学駅まで歩いた。中目黒から先は、地下鉄日比谷線となる。上野には、五時五十分についた。

上野駅構内へはいり、中央改札口に向かって右寄りにあるレストランを、夜明は捜し当てた。短い階段をのぼって、店内にはいる。午後六時、時間厳守だった。

小さなレストランで、満席になっている雰囲気が、食堂という印象である。奥の四人掛けのテーブルを、丸目平八郎がひとりで占領していた。夜明はそこに近づき、黙って向い合いの椅子にすわった。

丸目はスープとサラダ、それにオムライスという妙な取り合わせの料理を食べていた。夜明は、ビールとスパゲティを頼んだ。あたりに窓というものがない席の周辺を、夜明はおもむろに見回した。

「相棒は……」

夜明は訊いた。

「六時四十分に、新幹線の改札口へくることになっている」

丸目は夜明の顔も見ないで、オムライスを頰張っていた。

「相棒は、ベイビーちゃんか」

「蒲郡署の若い刑事だ。そうそう人手を割けんので、東京への出張組はたったの四人さ。そのうちの二人は、所轄の刑事を連れて来た」

「だったらベイビーちゃんは、おれの顔を知らんな」

「柔道の全国大会に出場したこともないし、その点は大丈夫だ」

「東京出張組のほかの連中は、どうしているんだ」

「十四日と十五日に、逗子の大町邸には来客があったという話なんでね。その訪問者たちから裏を取るのに、あとの二人は駆け回っているよ」

「十四日と十五日なんて、事件とかかわりがないときだろう。それなのに、そんな来客の裏まで取っているのか」

「念のためだ」

「そうじゃないな。丸さんは大町千紗に、集中攻撃をかけるつもりだろう」

「おれを、信じてくれ」

「信じるには、条件がある」

「どんな条件だ」

「おれも一緒に、盛岡まで行くことだ」

「そうくるだろうと、思ったよ」

「小日向律子って先生から話を聞くときも、おれを同席させてもらいたい」

「もちろん、非公式ってことで結構だ」

「うん」

「いいだろう」

「ほんとか」

「夜明さんには、協力者として同行してもらう」

「協力者でも参考人でも、何でも構わない」

「夜明さんは、被害者の高月静香との接点を持っている。大町千紗さんは、あんたの初恋の人。そのうえ証人になる小日向律子とも、夜明さんは顔見知りだ。こうなるともはや、因縁なんてものですまされない。夜明さんは、事件関係者だ」

「そういうことになる」

「その夜明さんが、たまたまおれの友人だった。それで、おれはあんたに協力を求めて、盛岡まで一緒にいってもらうことにしたと、こういうわけだ」

「立派に、通る理屈だ。ただ相棒のベイビーちゃんが、納得するかどうかだな」

「池上刑事は、もう諒解ずみだ」

「えっ……?」

「相棒の池上刑事には、ここへくる前にいま言ったとおりのことを話しておいた。池上刑事は、非公式の協力者であれば予算のうえでも助かるって、うなずいていたよ」

「予算って……」

「非公式の協力者だったら、交通費を出さずにすむってことさ」

丸目はポケットから、乗車券を取り出した。

「しっかりしているな」

感心すると、夜明は首をひねった。

「池上刑事は、出張組の経理担当でもあるんでね」

丸目は、東北新幹線の乗車券を、テーブルのうえに並べた。

乗車券は、三枚あった。夜明の分も、ちゃんと用意されているのである。丸目は、夜明が盛岡まで一緒に行くと言い出すことを、予期していたのだろう。いや、丸目は何もかも承知のうえで、夜明を上野駅へ呼び出したのに違いない。

「乗車券の往復代金は、あとで精算させてもらう」

夜明は、運ばれて来たビールとスパゲティの皿を、手前に引き寄せた。

「この店での飲み食いも、ワリカンってことになる。おれの分はおれだけの分として、領収証が必要なんでね」

丸目は、声を立てずに笑った。

「いいだろう。その代わりあんたは公務中、おれは民間人だ。ビールは、おれだけが飲む」

夜明は、ビールをコップに注いだ。

「現職の警部補と元警部補の違いだから、仕方がないだろう」

日焼けした丸顔に、丸目の歯が白かった。

「とにかく、ありがたい」

夜明には、ビールがうまかった。

「断わっておくけど、夜明さんに過去の熱気と充実感をもう一度、味わってもらおうなんて親切心は、おれにこれっぽっちもあるわけじゃない。おれはあくまで夜明さんに、捜査のための自発的な協力を、要請したんですからね」

「わかってますって」

「だから、ありがたいなんて、言われちゃ困る」

「おれは協力させてもらえることに、感謝しているんだからいいだろう」

「初恋の人のためにかね」

「違うな。そうした感情を抜きにして、あの人はシロだ」

「残念ながら、おれはそう思わない。大町千紗さんは、完全なシロじゃないと見ているんだ」

「本音を、吐いたな」

「それなりの根拠が、あってのことだ」

「まずは、小日向律子って先生に、会ってみることさ」

夜明は、指先でサングラスを押し上げた。

「いいだろう」

丸目は、タバコの煙りで輪を作った。

表情は双方とも、決して険しくなかった。だが、現職の警部補と元警部補の目が、火花を散らしていた。

2

約束の時間を守って、中央改札口からはいった。新幹線乗換改札口の付近に、動かない人影があった。グレイの背広を着て、ボストンバッグを提げている。三十歳ぐらいに見えた。

精悍な顔つきだが、ひどく冷ややかな感じがした。おそらく、表情がないせいだろう。丸目警部補と目を合わせていながら、手を挙げることもなく、またニコリともしなかった。

しかし、その男が池上刑事だった。丸目が、夜明と池上刑事を引き合わせる。型どおりの挨拶を交わして、すぐに改札口へ足を向けた。池上刑事は、笑わない。余計な口は、きかなかった。

可愛くないベイビーだが、いまはそのほうが好都合だと夜明は思った。池上刑事だけが離れた席の乗車券を、丸目警部補から渡されている。だが、そういうことにも、池上刑事は無関心であった。

コンコースへ出て、長いエスカレーターに乗る。三年前までは慣れっこだった列車が、現在の夜明には珍しく感じられる。ホームに立つと、ついキョロキョロしてしまう。

十九時発の『やまびこ』に乗る。座席指定の普通車だった。盛岡につくのは、二十二時十九分という時間になる。小日向律子と、今夜のうちには会えなかった。

盛岡に一泊して明朝、ビジネス・ホテルのロビーで小日向律子を待つ。午前八時ということですでに、小日向律子とも打ち合わせずみだそうである。

遅くとも午後二時までには、東京に帰りつきたいという丸目の話であった。捜査とは常にそうしたものだが、ひとつところに長居はできないのだ。

列車が、走り出した。池上刑事の席は、かなり前のほうだった。窓外に夕景が眺められる大宮まで、夜明は大町千紗のことをぼんやり考えていた。

逗子、蒲郡、東京、盛岡といったところを結んだ舞台に、大町千紗の影さえも登場するとは思えない。次第に遠ざかりつつある逗子で、大町千紗はいまごろどうして過ごしているのだろうか。

「大町千紗は八月十六日、どこにいたっていうことなんだ」

夜明は思い出したように、のど飴を口の中へ入れた。

「逗子の大町邸から、一歩も出ていないということだった。ある意味では、決まり文句だけどね」

通路側の席で、丸目はタバコを吸っていた。

「決まり文句っていうのには、丸さんの主観がまざっているな。事実、一歩も出ていないかもしれないだろう」

「だから、その点を捜査しているんだ」

「彼女が一歩も出ていないってのは、八月十六日だけのことかい」

「いや、八月十四日から十七日まで、つまり使用人夫婦が留守のあいだは、外出を差し控えたんだそうだ」

「道理だな」

「その代わり、お客さまをお招きしましたって、お姫さまは仰せだったよ」

「それも、道理じゃないか」

「使用人の田代夫婦は、八月十四日の午前七時に逗子の大町邸を出発した。車で福島県へ、向かったんだ」

「ガレージにあった国産車だな」

「大町千紗と小日向律子が門の前で、手を振って見送ってくれたそうだ。これらの話は、田代夫婦の証言に基いている」

「だったら、百パーセント信用できる」

「うん。あの夫婦は、大町千紗に忠実な使用人だ。しかし、生真面目で正直で、愚か者でもない夫婦だよ。大町千紗に忠実なるがゆえに、あの夫婦はお嬢さまの言いなりになったり、買収されたり、加担したりはしない。田代夫婦の表情と態度で、そうとはっきりわかる」

「その田代夫婦が、逗子へ帰って来たのは八月十七日だった」

「十七日の午後三時だそうだ。そのときの大町千紗と小日向律子は、庭のプール・サイドに水着姿でいたということだ」

「十四日の午前七時から十七日の午後三時まで、田代夫婦は逗子の大町邸にはいなかった」

「福島の実家から、逗子の大町邸へは一度も電話をかけなかった。したがって留守のあいだに、お嬢さまが外出されたかどうかといった行動については、田代夫婦にはいっさいわかっていない」

「必要がなければ、電話はかけないのが当然だ」

「田代夫婦が出発した八月十四日だが、午後二時になって大町邸には来客があった。前もって約束がしてあった客で、その数は四人ということだよ」

「それは、大町千紗から聞いた話だな」

「そうだ」

「彼女は田代夫婦の留守中、ひとりきりになるかもしれないと考えていた。だから前もって、友だちに声をかけておいたんだろう。ちっとも、不自然じゃない」

「四人の客は、二組の夫婦だった。一方の夫婦は東京から、もう一方の夫婦は横浜から来た。大町千紗を含めて、五人は共通の知り合いだそうだ」

「その二組の夫婦が帰ったのは、いつだったんだね」

「二組の夫婦とも、大町邸に一泊している」

「ほう」

「四人の客が帰ったのは翌日、八月十五日の夜十時だった。夫婦それぞれが乗った二台の車は、夜の十時すぎにそろって大町邸の門を出ている」

「あと二人の刑事(デカ)さんがいま、その二組の夫婦から裏を取っている最中なんだろう」

「結果については今夜、盛岡のホテルに連絡があるはずだ」

「だけど、丸さんが目を光らせているのは、それからあとのことなんじゃないのかい」

「二組の夫婦から確かな裏が取れたら、大町千紗は八月十五日の夜十時まで、何の行動も起こしていないってことになる」

「それから約五時間後、十六日の午前三時に高月静香は殺された」

「うん」

「ただし、大町千紗と高月静香がいた場所は、神奈川県の逗子そして愛知県の蒲郡と遠く離れていた」

「しかし、逗子から蒲郡までは、五時間あれば十分に行ける」

「車を飛ばしてか」

「東名高速が、ありますからね」

「それに、帰りの時間をプラスすると……」

「往復で、九時間ってところだ」

「逗子のお屋敷に、大町千紗が戻ってくるのは、朝の七時半以降ってことになる」

「ざっと、計算してね」

「さて、大町千紗が前の晩から翌朝七時半まで、家にいなかったっていうことに、小日向律子はまるで気づかずにいたかどうかだ」

「すべては、小日向律子の証言に懸かっている」

「そんなことはなかったと、小日向律子が否定すれば、大町千紗のアリバイは成立する」

「夜明さんは、それをお望みなんだろうね」

「別に、望んじゃいない。そうに、決まっているからさ」

「どうかな。気の毒だけど、その反対だっていう気がするね」

「大町千紗はシロじゃないって、あんたには先入観が働いているみたいだ」

「おれは、それなりの根拠があって大町千紗をシロとしないんだって、言ったはずだがね」

「その根拠というのを、聞かせてもらおうか」

　窓ガラスに映っている自分の顔が、ひどく挑戦的であることに夜明は気づいた。

「第一には、大町千紗と高月静香の関係に生じた微妙な変化だ」

丸目は、シートの背を倒した。

　高月静香の父親は、過去においてなかなかの資産家だったという。だが、商売で一発当てたという類なので、いわば成金であったのだろう。それでも娘の静香をいちおう、白蓮女学院というお嬢さん学校へ行かせたわけである。

　大町千紗は中学からだが、高月静香は白蓮女学院高校にいきなり入学した。千紗と静香は、白蓮女学院高校の入学式から一緒になった。クラスも、同じであった。

　本物のお嬢さん育ちの千紗と、成金の娘の静香だったが、不思議にウマが合ったらしい。静香は根っからのお嬢さまに憧れ、おっとりした千紗がそれを拒まなかったのに違いないと、当時のクラスメートは回顧する。

　そのうえ一年から三年まで同級が続き、二人はそろって卓球部のエースでいた。当然、女子高校生らしい親友同士となり、周囲も二人をそのように扱った。ところが、静香の父親の商売が長続きしなかった。

高校の卒業間際になって、静香の父親は倒産した。急遽、進学を断念した静香は、会社事務員として就職する。千紗もフランス留学のために日本を去り、いったんここで二人の交際は途切れることになる。

静香は三年後に昼間の勤めをやめて、銀座のクラブのホステスに転身する。静香は水を得た魚のように、注目を集めるホステスになった。一流クラブへ引き抜かれて、群がる贔屓の客たちを手玉に取った。

愛情抜きの男遍歴を経験し、静香にはますます磨きがかかる。静香が二十四歳のときに、田丸長一郎という男が現われる。田丸長一郎は浜松市で料亭を二軒、浜名湖畔で高級割烹旅館を経営していた。

この男が、静香に惚れ込んだ。浜松から、銀座へ通ってくる。暇ができると東京のホテルにいて、浜松へは帰りたがらないというくらいに、静香に夢中になったのである。田丸長一郎は、六十歳になるが独身であった。

十年前に妻を亡くし、子どももいなかった。田丸長一郎は、年の差が三十六という静香にプロポーズした。結婚はさすがに躊躇する静香に対して、田丸長一郎はせめて愛知県内に住んでくれと懇願した。

静香を独占する代償として、田丸長一郎は彼女の名義で蒲郡の割烹料理屋『千代田』を、土地ごとそっくり買い取った。それに静香は心を動かされて、蒲郡市への移住を決意する。

そのことに猛反対の肉親たちと絶縁して、二十六歳になった静香は東京を離れる。しかし、蒲郡市で第二の人生に踏み出して半年後、田丸長一郎が急死する。静香の手元には『千代田』をはじめ、生前の田丸長一郎から与えられた事業資金と宝石類が残った。

一方、静香がまだ東京にいるうちに、フランスから帰国した千紗とは、親友同士の付き合いが復活していた。実際に、二人は仲がよかった。いまから一年半前までは、千紗がちょくちょく蒲郡へ足を運び、静香もよく逗子の大町邸に姿を見せていた。

ところが、一年半前になって急に二人は、親交に終止符を打った。千紗と静香は、二度と会わなかった。電話での連絡も断ち、千紗は静香の名前さえ口にしなくなったと、田代夫婦は語っている。

何が原因で、親友同士の仲に亀裂が生じたのか。どのような争い、対立があったのか。そうしたことを、知る者はいない。明らかなのは、二人が絶交したという事実だけである。だが、絶交は敵対を意味する。何か陰湿な女の闘いが、あったのかもしれない。そこに憎悪の念が芽生えれば、仇敵同士にもなるのであった。そして一年半後に、静香が惨殺された。

「その微妙な変化と静香殺しに、因果関係が見出せるってことか」

夜明は、福島という停車した駅名に、目をやった。

「しかも、高月静香は電話のメモに、チサと書いている。静香の知り合いに、チサという名前の女は、大町千紗ひとりしかいない」

丸目は溜息とともに、タバコの煙りを吐き出した。

「もしもチサというのが、人名であればって話だろう」

「事件当夜の高月静香は午前三時ごろまで、誰かがくるのを待っていたし、その訪問者を快く家の中へ招じ入れている。絶交状態にあるかつての親友から、会って仲直りをしたいという連絡があれば、喜んで応じるんじゃないのか」

「大町千紗がそう電話で連絡して来たので、高月静香は何気なしにチサという名前をメモした」

「それが、大町千紗をシロとしない根拠の二点目だ」

「第三点は……」

「高月静香が殺害された八月十六日とその前後、田代夫婦は逗子の大町邸を留守にしていた。そうした時間的な一致が、おれには引っかかる。田代夫婦が大町邸にいる限り、千紗は秘めたる行動には出られない。つまり田代夫婦が逗子を離れているあいだに、高月静香が殺されたという符合だよ」

「そうだとしても、逗子の大町邸には田代夫婦の代わりに、小日向律子が寝泊まりしていたんだぜ」

「そのことさ。それもまた、何となくおもしろくないんだな」

「第四点か」

「田代夫婦がお盆休みで出かければ、千紗はひとりきりになってしまう。それじゃあ寂しいからっていうんで、千紗は前もって二組の夫婦を大町邸へ招いていたんだろう。だけど一方ではちゃんと、従妹の小日向律子を盛岡から呼び寄せている。何かその辺に、作為が感じられるんだ」

　丸目はタバコを消して、両手を腹のうえで組み合わせた。

「丸さんにすっかり見込まれちゃって、最高のレディーが気の毒になるばかりだ」

　首をすくめて、夜明はニヤリとした。

「盛岡まで、まだ一時間四十分もある」

　疲れたような声を出して、丸目平八郎は目を閉じた。

　丸目がいかに千紗を疑おうとも、すべてを決するのは小日向律子の証言であった。頼みまっせと夜明日出夫は、アカ抜けない代わりにいかにも純粋で誠実そうな、あの女教師の顔を思い浮かべていた。

3

盛岡駅前のビジネス・ホテルに、泊まることになっていた。新築らしいビジネス・ホテルで、ロビーも狭くはなかった。すでに営業を終えているが、ロビーの奥にはコーヒーラウンジもあるようだった。

チェックインをすませたときには、十一時という時間が迫っていた。いまから、飲んだり食べたりはできなかった。寝るだけであった。

三人は、部屋へ向かった。丸目警部補と池上刑事が五階、夜明は三階と部屋が分かれていた。三階の自動販売機で缶ビールを一本だけ求めて、夜明はシングルの部屋へはいった。

シャワーを浴びると、空腹を覚えた。食事の代わりにビールを飲みながら、夜明は暗さが増した盛岡の夜景を眺めた。小日向律子は、市内の住吉町が住所だと聞いている。小日向律子の両親は、娘に対して厳格だという。

父親は現在も、中学校の校長だそうである。母親も、以前は教師だった。教育者の一家ということになる。律子がひとりで旅行したりすることは、父親が頑として許さない。

それで盛岡を離れるチャンスなど滅多にないのだと、逗子の大町邸で一緒だったときの律子は嘆いていた。住吉町がどのあたりなのか見当もつかないが、この地に小日向律子がいることには間違いない。

冷房完備の部屋で寝るのは、久しぶりであった。クーラーではないから、静かでもある。そのせいか、ベッドに横になると同時に、夜明は眠りに引き込まれた。

午前六時に、目を覚ました。改めて窓から朝の市街地と川を眺め、岩手山を望見して、旅先にいるという実感を味わった。着替えて、部屋を出る。もう、戻ってはこない部屋であった。

七時に二階の食堂で、丸目たちと落ち合うことになっている。丸目警部補と池上刑事は、早くも食堂のテーブルについていた。こんな場合の刑事には、夜明日出夫を待とうといったやさしさなど、とても期待できなかった。丸目と池上は、和朝食を食べ始めている。

「おはようさん」

夜明が声をかけても、挨拶に応じたのは丸目だけだった。

池上は飯をかっ込みながら頭を下げて、夜明の顔には目もくれなかった。夜明の前にも、同じ和食が運ばれてくる。食べているあいだは、無言の行であった。黙々と押し込むから、食べ終わるのも早かった。

「昨夜、東京から連絡があったのかい」

夜明は訊いた。

「ああ」

タバコを銜えた丸目は、あまり表情が明るくなかった。

「二組の夫婦から、確かな裏が取れたってことだな」

夜明は、胸のうちでニヤリとした。

「東京からの島崎夫妻、横浜からの野口夫妻はそろって、八月十四日の午後二時から十五日の夜十時までを、逗子の大町邸で過ごしたということだ」

丸目は手帳を開いたが、それに目を向けていなかった。

「大町千紗は、嘘なんてつかんよ」

夜明は、残っている味噌汁を飲んだ。

「小日向律子も、ずっと一緒だったそうだ」

「当然だろうな」

「野口夫妻と島崎夫妻は、八月十四日に遊びに行くという約束だった。したがって、十四日のうちに帰る予定でいた。それが、とても楽しかったので一泊することになり、結果的に十五日の夜までいてしまった。そういう話だったらしい」

「そうなると別に、大町千紗の作為なんてもんじゃないだろう」

「作為……？」

「寂しいからって二組の夫婦を招いておきながら、一方では従妹の小日向律子を呼び寄せている。そうした矛盾には、大町千紗の作為が感じられる。それが、丸さんの第四の疑問点だったはずだ」

「うん」

「しかし、二組の夫婦は八月十四日の一日だけ、大町邸へ行くという約束にすぎなかった。それが、たまたま一泊するという結果になって、二組の夫婦は次の日の夜そろって引き揚げた。だったら、盛岡から小日向律子を呼び寄せたこととは、無関係じゃないのか」

「まあ、そう言えないことはない」

「じゃあ、丸さんの四番目の疑問点は、これで解消されるんだな」

「だがね、そんなことはそれほど重大じゃない。問題は八月十五日の夜から、十六日の朝にかけての大町千紗のアリバイに、すべてが集約されるんだ」

「その間にしても小日向律子先生が一緒だったんだから、千紗さんのアリバイは必ず成立する」

「わが初恋の人を、あくまで信ずるってことか」

「彼女は心からお嬢さまなんだ、世間知らずのお姫さま、デリケートな神経を持った貴婦人、知性も教養もあるレディーなんだ。あの人に殺しができるかどうか、丸さんだって見ればわかるだろう」

「それこそ、夜明さんの主観だ、感情論だよ。見た目には、おっしゃるとおりのお嬢さまかもしれない。ですけどね、中身はどうかわかりませんよ」

「おれには、中身までわかっているんだ」

「お言葉ですがね、世間知らずのお嬢さまには、世間一般の常識が通用しないってこともあり得ますよ」

「そうかい」

「われわれには想像も及ばないような理由で、殺してやりたいと人を憎む貴婦人だっている。耐えられないとなれば、平然と人を殺すお姫さまだっている。われわれには理解できないような執念と周到さによって、計画犯罪を遂行するレディーだっている。おれは、そう考える」

口に銜(くわ)えていることに気づいて、丸目はタバコに火をつけた。

「ご立派な考えだ」

夜明は指先で、サングラスを押し上げた。

「お姫さまだろうと、疑わしきは疑うのが仕事でね」

丸目はまずそうに、出がらしのお茶をすすった。

「悪うござんした。こちとらはもう現役じゃないもんで……」

そう言ってしまってから、夜明はマズったと思った。

池上刑事がいるところで、元刑事というようなことは、匂わせてもいけなかったのである。丸目の古くからの友人として、大町千紗と小日向律子を知っている夜明が捜査に協力する、ということになっているのだった。

丸目も、とぼけて横を向いていた。夜明は唐突にハンカチを取り出して、サングラスのレンズをせっせとふき始めた。だが、肝心の池上刑事は、怪しむような反応も示さずにいる。

池上刑事は、紙に数字を書き連ねて、足し算に余念がなかった。どうやら、経費を計算しているらしい。大丈夫だと、丸目が片目をつぶった。

夜明はさりげなく立ち上がって、テーブルから遠のいた。食堂を出て、一階への階段を降りた。小日向律子の顔は、夜明だけが知っている。夜明がロビーにいれば、律子のほうからでも気がつくだろう。

ロビーは、閑散としていた。フロントの付近に、チェックアウトする客がいる程度であった。コーヒーラウンジも、午前九時からの営業となっている。

そのコーヒーラウンジに近く、奥まった一隅の席に夜明は陣取った。テーブルを四つの椅子が囲んでいるし、第三者に話を聞かれる心配もない。夜明は自分がすわる椅子の位置を、壁のほうへ少しずらせておいた。

ホテルを出ていく人間ばかりなのに、珍しく外からロビーへはいって来た女がいた。あまり鮮やかな色ではないブルーのワンピースを着た女は、人を捜すようにロビーを見渡している。

夜明のほうへ、女は顔を向けた。夜明は手を挙げて、大きく振った。小日向律子は、様子を窺うような姿勢で、ゆっくりと近づいてくる。東京の男が地方の城下町で、しばらくぶりに女の子と出会う真夏の日の情景を、夜明は想像したくなっていた。

恐る恐るテーブルの向こう側に立って、小日向律子は信じられないという目つきでいた。今日の小日向律子も、化粧っ気のない顔だった。しかし、野暮ったいが清潔感があって、内気でありながらしっかり者、という印象は少しも変わっていない。

「夜明さん、でしたね」

小日向律子は、怪訝そうに念を押した。

「そうですよ。先日は逗子のお屋敷で、どうも失礼しました」

大きな目で、夜明は笑った。

「こちらこそ……」

律子は、丁寧に一礼した。

「まあ、おすわりください」

夜明は律子に、椅子をすすめた。

「でも夜明さんが、どうしてここに……？」

「あなたを、待っていたんですよ」

「えっ……」

「愛知県警の丸目っていう刑事から、話を聞きたいって連絡があったんでしょ」

「はい」

「あの丸目とは、旧友の間柄なんです。それで、わたしが千紗さんとあなたの両方を知っているってことから、協力してくれと頼まれましてね。昨夜の新幹線で、一緒に盛岡へ来たんです」

「そうだったんですか」

「丸目たちも、すぐにここへ来ますよ」

「夜明さんとは、いろいろとご縁がありますね」

「そう。まったく、不思議なくらいです」

「刑事さんですけど……」

「ええ」

「わたしからどんなことを、聞きたがっているんでしょうか」

「あなたが逗子のお屋敷にいらしたあいだ、千紗さんがどのように行動したかを、詳しく知りたがっているんです」

「何のためにですか」

「簡単に言えば、千紗さんのアリバイを調べたいんですよ」

「アリバイ?」

「あなたは、千紗さんのアリバイについて語れる唯一の証人、ということになるんです」

「千紗さんが何かの事件で、疑われているんですか」

「捜査というものは、ひととおり調べなくちゃならないようにできていましてね。その程度のことですから、深刻に考えないほうがいいですよ」

「夜明さんも元警視庁の刑事さんなんだから、そういうことをよくご存じなんですね」

「あなた、緊張していますか」

「いいえ、わたし悪いことをした覚えはありませんから……」

「結構。とにかく冷静に、事実をありのまま話せば、それでオーケーです。ご苦労ですが、これも千紗さんのためなんだからと、ひとつ我慢してやってください」

「夜明さんは、千紗さん思いなんでしょうから……」

「いやいや、別にそういうことではないんですよ」

「逗子についたあの日ですけど、夜明さんが帰られたあと、わたし千紗さんから聞きました。夜明さんと千紗さん、初恋同士だったのかもしれないってね」

小日向律子は、少女のような笑みを浮かべた。

「千紗さん、あなたにもそんなことを言ったんですか」

夜明は、ブスッとした顔でいた。

悪い気持ちはしないが、何をいまさらという思いがあったのだ。身分違いというか、住む世界が別々の少年と少女に、初恋も何もあったものではない。

それを三十年もたって人の耳に入れることはないだろうと、要するに夜明は柄にもなく照れていたのである。フランス人の船員と大恋愛をして、その恋人が死んだショックから、いまだに独身でいる千紗だろうにと、夜明はフンと鼻を鳴らしたくなる。

丸目警部補と池上刑事が、足早にロビーを横切って来た。それに気づいて、律子は口元の笑いを消した。やはり、心が引き締まるのだろう。

「小日向さんですね、どうもご苦労さまです」

丸目の童顔が、律子に笑いかけた。

夜明が改めて、律子を二人の刑事に紹介した。三人は挨拶を交わして、丸目と池上の名刺が律子の手に渡った。律子は夜明の正面に、丸目と池上はその両側に腰をおろした。

「学校の先生だそうですね」

質問の口火を切って、丸目の視線は律子の観察を始めていた。

「はい」

律子は、胸を張った。

「夏休みが残り少なくなって、先生もお忙しくなるんでしょう」

丸目は、灰皿を引き寄せた。

「はい。このところ毎日、午後は学校に詰めています」

無造作に束ねた髪の毛に、小日向律子は手をやった。

池上刑事は早くも手帳に、何やら書き込んでいる。夜明は少し後退させた椅子にどっしりと構えて、傍観者よろしく腕を組んでいた。ロビーを飾る陶板の壁画を、眺めたりする。

「さっそくですが、小日向先生はどんな経緯(いきさつ)から、逗子の大町家へ行かれることになったのか、まずその辺のところを伺いたいんですがね」

丸目はタバコの箱とライターを、テーブルのうえに並べて置いた。

丸目が真っ先に、その点にこだわるのは当然だと、夜明は胸のうちでうなずいた。律子を強引に逗子へ呼びつけたのであれば、そこには千紗の作為があったという見方をするのだろう。

「特別、経緯があって、ということではありません。とにかく八月十一日からしばらく、逗子の家で過ごそうってことになったんです」

律子は、困惑の笑いを漂わせた。

「八月十一日から十八日まで、先生は逗子の大町家におられたんでしたね」

丸目は、タバコに火をつけた。

「そうです。十八日の朝、逗子をあとにして、その日のうちに盛岡へ帰って来ました」

律子もバッグの中から、手帳を引っ張り出した。

「逗子にいらしゃるあいだ、先生はずっと大町千紗さんと一緒でしたか。たとえば半日なり一日なり、別行動をとったというようなことは、まったくなかったんですか」

タバコの煙りの中から、丸目は律子を見据えた。

「別行動なんて、一度もありませんでした。いつも、お互い相手の影みたいに、一緒だったんです」

律子は、はっきりとそう答えた。

4

小日向律子は、次のような経緯について、詳しく説明した——。

大町千紗の母親が姉、小日向律子の母親が妹ということで、母親同士は姉妹であった。ただし、異母姉妹である。そうしたことから、妹のほうが岩手県の小日向家に嫁ぐと、姉との縁も薄くなった。

大町家と小日向家は、自然に疎遠となったといえるだろう。いわば、遠い親戚だった。そのために千紗と律子も、かつては従姉妹同士という意識がなかった。互いの存在を、知っているだけであった。

それが、千紗の両親がこの世を去ったことから、かえって様変わりした。大町千紗と小日向家の人間は、何となく親しさを増すようになったのだ。この七年間ぐらいのことである。

千紗が盛岡に寄って、小日向家へ顔を出した。律子の両親が上京して、千紗の世話になった。二年に一度という割合いで、盛岡か東京で家族ぐるみ千紗と会う。

千紗と律子は、電話でやりとりを交わすようにもなる。一ヵ月に一度は、いずれかが電話をかける。千紗から電話があれば、必ず律子と母親の両方が出て喋った。

先月の中旬にも、千紗から電話がかかった。そのときに初めて、逗子へこないかという話になったのである。千紗は別に、強引に誘ったわけではなかった。

「間もなく、夏休みでしょ」

「ええ」

「どこかへ、お出かけになるの」

「いいえ、予定はありません」

「最近は海外旅行が、流行なんでしょ」

「海外旅行なんて、夢のまた夢です。父が絶対に、許してくれませんから……」

「でしたら、国内旅行だわ」

「それも多分、無理でしょうね」

「お父さまが、許してくださらないの」

「ええ」

「恋人とかボーイフレンドとかが一緒でなくても、お父さまは駄目っておっしゃるの」

「わたしに恋人もボーイフレンドもいないってことを、父はよく知っているうえで駄目って言うんですから……」

「お父さまが律子さんに、恋人やボーイフレンドができないように、厳しくなさるんですものね」

「そういうことかもしれません」

「でしたら、逗子はどうかしら」

「逗子……？」

「わたくしのところでしたら、まさかお父さまも駄目とはおっしゃらないでしょ」

「わあ、行きたいわ」

「是非、いらっしゃいよ」

「わたし横浜、鎌倉、逗子って、まだいったことがないんです」

「海を眺めてのんびりできるし、横浜や鎌倉もご案内します。五、六日いらしても、飽きることはないでしょうね」

「素敵、わたし行きたい」

「ご両親に、お願いしてみたら？」

「来月の中旬になったら、身体があくと思うんです。そのころでも、いいでしょうか」

「結構よ。田代さん夫婦がお盆休みを取るでしょうから、わたくしも来月の中旬というのを歓迎するわ」

「わたし絶対に、お邪魔します」

このときの電話で、こんなふうに話がまとまったのであった。

律子は両親にこういうことになったと説明して、是非行かせてくださいと頼んだ。さすがに、父親も反対はしなかった。千紗さんのところなら間違いないでしょうからと、母親が助け舟を出してくれた。

父親は条件つきで、律子の一週間の外泊を許した。条件というのは、盛岡の家への定時連絡であった。それも律子だけではなく、千紗の声も聞ける電話でなければならなかった。

逗子についた、これから盛岡へ帰るというときの連絡にも、律子のほかに千紗が言葉を添える。それ以外は一日置きに、盛岡の家に電話を入れて、無事であることを報告する。その電話にも、千紗に出てもらう。

「この約束を、きちんと守る。もし守らなかったら、すぐに律子を帰してくださいと千紗さんにお願いする。そういうことで、気をつけていって来なさい」

と、父親は律子が逗子へ行くことを、認めたのであった。

八月の初めに、十一日から十八日までという予定が立った。律子は大町邸へ電話をかけて、十一日にそっちへ向かう、時間がはっきりしないので迎えは不要と、千紗に伝えた。

そのスケジュールは、変更されることがなかった。

八月十一日に、律子は新幹線で上京した。そして、上野駅前でたまたま、夜明のタクシーに乗ることになった。律子は東京駅から横須賀線に乗るつもりでいたが、ひとり旅で迷ったりしたらという不安もあり、逗子まで夜明のタクシーを走らせた。

その夜、逗子の大町邸から盛岡の家に、律子は無事についたという第一報を入れた。千紗も電話に出て、確かにお預かりしましたと律子の母親に告げた。

翌八月十二日は、曇りのち晴れの天気であった。

午前中は千紗が運転する車で逗子マリーナ、小坪漁港、逗子湾の逗子海水浴場、葉山マリーナ、葉山公園と海沿いの景勝地を見て回った。海上にはヨットとウインドサーフィンの帆が、色鮮やかに浮かんでいた。

午後からは由比ケ浜、稲村ケ崎、七里ケ浜を経て江の島へ向かった。江の島を一巡したあと、鎌倉へ行く。鎌倉見物に時間を費し、大町邸へ戻ったときは夜になっていた。疲れたが一種の興奮状態にあって、律子は十一時まで起きていた。

八月十三日、晴れのち薄曇り。

この日は、千紗が運転する車で、横浜見物に出かけた。横浜について根岸、本牧、元町、外人墓地、港の見える丘公園などを回り、中華街で昼食をすませた。

午後は伊勢佐木町、野毛、日の出町、馬車道、海岸通り、山下公園というコースだった。

山下公園から『赤いくつ号』という観光船に乗り、海上から横浜の町を眺める。

　この日も、逗子の大町邸に帰りついたのは、夜になってからであった。遅い夕食のあと、盛岡の家に電話をかける。

「楽しくって、どうしようもないわ」

　律子は母親に、けたたましい声を聞かせた。

「律子さん、鎌倉も横浜もお気に入りのようですわ」

　約束どおり代わって電話に出た千紗が、律子の母親にそう言った。

「ありがとうございます、律子を素敵なところへ連れていってくださって……」

　律子の母親も、嬉しそうだった。

　八月十四日、晴れ。午前七時出発の田代夫婦を見送ってから、二匹のドーベルマンに引っ張られる千紗と二人で、律子は住吉城跡のある正覚寺、海前寺、小坪寺、来光寺の付近を散歩した。

　帰ってからは、庭のプールで遊んだ。泳ぐのではなく、水の中へ飛び込むことが多かった。プール・サイドのビーチ・パラソルの下で、トロピカル・ドリンク風の飲み物を口にするのが素晴らしかった。

　午後二時に、野口夫妻と島崎夫妻が訪れる。二時間ほどリビングで談笑したが、やがてトランプをやろうということになった。野口夫人が、ポーカーがいいと言い出した。だが、野口夫人を除いては、誰もがポーカーを知らなかった。

それで野口夫人に教えられながら、ポーカーとやらが始まった。ルールを覚えて、次第に慣れてくると、全員がポーカーに熱中した。テックニックを理解したうえに、ポーカーフェイスも巧みになった。

午後六時に、千紗と律子がゲームから抜けた。夕食の仕度に、取りかかるためだった。メイン・ディシュは、千紗がご贔屓の葉山のレストランから、届けられたばかりであった。その必要があるものは温め、律子がワゴンテーブルで食堂へ料理を運んだ。スズキのロースト、カニのスープ、サザエのバター焼き、ホタテとアサリのホワイトソース煮、伊勢エビのグリル、シーフード・サラダなど海の幸が、大きなテーブルを埋める。

白ワインで乾杯して、食事が始まる。食後は直ちにポーカーを再開しようと、一同はリビングに戻った。現金の代わりにチップを用いるが、今後のポーカーは本式の賭けになると、野口夫人が宣言した。

二人の男はブランデーを、四人の女はコーヒーを飲みながら、ポーカーに夢中になった。回を重ねるほどにますますおもしろくなり、全員が時間のたつのを忘れた。

ふと気がつくと、十二時をすぎていた。しかし、ここでポーカーを終了するのは惜しいと、一同には共通の思いがある。いっそのこと泊まっていくようにと、千紗もすすめた。夫婦そろっての二組でもあるし、異議なしということになった。

二組の夫婦は、腰を落ちつけた。ポーカーを、続行する。

八月十五日、晴れ。

午前四時まで、ポーカーに興じた。そこでいったん打ち切って、六人が順次シャワーを浴び、午前五時にそれぞれの寝室へ散った。千紗と律子は午前十時に起き出して、辛口のビーフ・カレーを作った。

正午にカレーの昼食、午後一時から庭のプールでの水遊びとなった。二組の夫婦はともに三十代で、遊ぶことにかけてはすこぶる気が合った。楽しむための時間は、一分たりとも無駄にしなかった。

島崎夫婦が、昨日からの賭け金の清算をするためにも、もうひと勝負しようではないかと提案した。異論はなかった。六人はリビングに集合して、午後三時から再びポーカーを始めた。

夕食は軽いもので十分という客たちの要望もあって、千紗はゲームの途中で例の葉山のレストランに、特製のサンドイッチを注文した。夜になって、特製サンドイッチが届いた。サンドイッチを摘まみながら、ポーカーを続けた。ゲーム終了となったのは、午後九時であった。男二人が、賭け金の計算に取り組んだ。これから車の運転があるので、男たちはアルコールを禁じられた。

野口夫人と島崎夫人は、ブランデーを飲んでたちまちほろ酔い加減になった。千紗と律子も、飲めるほうではないが、お相伴をしなければならない。二人は甘酒を、飲むことにした。

勝負の結果が出た。野口夫人、島崎氏、律子、野口氏、島崎夫人、千紗という順位だが、損得の差はあまりなかった。ご機嫌になった野口夫人に煽られて、千紗と律子が甘酒でほんのりと頰を染めたところで、客たちは一斉に席を立った。

二組の夫婦は、それぞれの車に乗って、大町邸の門を出ていった。それを見送って家の中へはいり、戸締まりを終えたときが午後十時だった。

千紗と律子は、風呂も明朝にということにして、寝るための支度を急いだ。千紗はネグリジェに、律子はパジャマに着替えた。気疲れと睡眠不足で、二人ともくたびれていたのだ。

ベッドにはいり、時計に目をやりながら照明を消した。時間は、十時二十分であった。目をつぶると、頭の中が空っぽになった。心地よさに吸い込まれるような眠りへ誘われて、律子は夢を見ることもなく熟睡した。

前後不覚の眠りから呼び起こされて、死の世界から蘇生するように律子は目を開いた。寝室には、電気がついていた。ネグリジェ姿の千紗が、律子を見おろしていた。

「どうしたんですか」

夢中で起き上がったが、律子は頭痛がするのに顔をしかめた。

「わたくしが、起こしたのよ」

千紗も眠たそうに、目をこすっていた。

「何かありました？」

律子は半ば、朦朧としていた。

「夢の中で、大変なことを忘れていたって気がついて、わたくし飛び起きたの」

千紗は、電話機を指さした。

「えっ……？」

律子には、まだピンとこなかった。

「あなた昨夜、お電話しなかったでしょ。昨日は、定時連絡の日だったんじゃないの」

千紗は、コップに水を注いだ。

「そうだわ！」

ハッとなって、律子は背筋を伸ばしていた。

定時連絡を怠ったら、翌日には盛岡へ呼び戻すという父親の声が、律子の頭の中に響き渡った。昨日が一日置きの定時連絡の日であったことを、すっかり忘れていたのである。

これは大変だと、律子は電話機を引き寄せた。

「明け方にお電話して、叱られるかもしれないけど……」

千紗は、コップの水を飲んだ。

「でも、何時だって約束を守っておけば、安全でしょ」

わが家の電話番号を、律子はプッシュした。

当然のことながら、コールサインは何度となく繰り返される。やっとのことでという感じで、母親の間延びした声が電話に出た。寝ぼけているように、母親の舌はもつれていた。

「小日向です」

「お母さん？　律子です」

「こんな時間に、何かあったんですか」

「何事もありませんっていう定時連絡だから、どうぞご心配なく」

「ああ、びっくりした。何もこんな時間に、定時連絡なんてしてこなくたっていいのに……」

「だって、お父さんとの約束を守らないと、明日にでも帰らなくちゃならないでしょ」

「それにしたって、午前四時の電話なんて非常識じゃないの」

「ごめんなさい」

「あんた、いままで起きていたの」

「そうよ、寝る前に定時連絡をすませて、これからおやすみなさいなのよ」

「午前四時まで、何をしていたの」

「お客さまが四人もお見えになって、トランプ大会をやっていたの」

律子は適当に誤魔化しておいて、送受器を千紗にバトンタッチした。

「もしもし、千紗でございます。こんな時間に、ほんとうに申し訳ございません。トランプ遊びがおもしろくて、昨日のうちにお電話を差し上げることを、わたくしもつい忘れてしまいましたの。それでも、定時連絡というお父さまとの約束を破ったら、大変なことになるって律子さん……」

千紗が弁解に努めているのを遠くに聞いて、頭が痛むのに閉口した律子はベッドに横になった。なるほど律子の時計も、四時五分という時間を示していた。

5

八月十六日、晴れ。

午前四時の定時連絡をすませたあと、律子は又寝した。だが、二度目の眠りは、熟睡にならなかった。頭痛が気になるし、トロトロするような浅い眠りだった。

鐘の音を聞いて、律子は目を覚ました。小坪寺の北にある来光寺では、午前六時と午後六時に鐘をつく。この五日間に、すっかり慣れてしまった来光寺の鐘である。

午前六時であった。千紗のベッドに、彼女の寝姿はなかった。仕方がない、起きようと、律子はベッドから降り立った。着替えをして、寝室を出た。階段の途中の壁には、西洋の各種の剣が×印に交差して飾られている。

　そうした剣の装飾の中間に、円形の窓がある。その円形の窓から、律子は庭を眺めやった。今日も松林の樹間に、真っ青な海が見えている。

　海上の遠近に、ヨットの帆が林立しているようだった。噴水が涼しげに、水の花を開かせていた。プールの中にも、プール・サイドのデッキ・チェアにも人影はない。テーブルの傘になっているビーチ・パラソルが、人待ち顔のように感じられた。

　いかにも、朝のプール・サイドらしいすがすがしさが漂っている。プールを囲んでいる二十本からのビロウ樹が、地上に縞模様の影を落としていた。そのうちの一本のビロウ樹がやや傾いていて、風に揺れると律子を招くように動いた。

　そんな光景を目にすると、律子も爽快感を覚えた。広い芝生に水を撒いたら、いっそう気持ちがよくなるだろう。

　庭の左端のネットの前で、千紗がゴルフのクラブを振り回していた。それを二匹のドーベルマンが、並んですわって見物しているようだった。ゴルフのボールが、白い花でも咲いたように芝生のうえに散らばっている。

　律子は、階下のリビングへ向かった。グランド・ピアノの前を通りすぎて、バルコニーへ出るガラス戸をあけた。鳥籠の中に、二羽の文鳥がいる。

「おはよう」

律子は振り返って、文鳥に挨拶をした。

千紗が、律子に気づいた。千紗は、二匹のドーベルマンを呼んだ。裏庭に、犬小屋がある。そこへドーベルマンを追い込んで、千紗だけが戻って来た。

「おはようございます」

律子は、手を振った。

「もっと、寝ていればいいのに……」

千紗は、笑顔で近づいて来た。

「どうせ、お昼寝することになるから、いいんです。何か食べてからの昼寝がいいなんて、いやしいことを考えたりしてね。それよりも千紗さん、四時の電話のあと、眠れなかったんでしょう」

律子の瞼は重く、夏の朝の陽光が目に痛かった。

「あれから又寝をすれば、お昼まで眠ってしまうでしょ。それより今夜早く寝て、たっぷり睡眠をとったほうがいいだろうと思って、五時に起きてしまったのよ」

千紗のブラウスには、汗が滲み出ていた。

「申し訳ありません」

「いいのよ、そんなこと。寝るのも起きるのも、わたくしの勝手なんですもの」

「芝生に、水を撒きましょうか」

「あら、田代さんのお仕事を奪うのは、いけないことよ。それに律子さんも寝不足だし、疲れが溜まっているんじゃないかしら」

「ええ、多少は……」

「でしたら、なおさら労働はいけません。今日は万事お休みということにして、怠け者よろしくのんびりと過ごしましょうよ」

「そうですね」

「食事も昨日の残り物で我慢して、簡単にすませましょ」

「わたしは、インスタント・ラーメンでも何でもいいんです」

「ラーメン……！　そう聞くとラーメンって、急に食べたくなるものなのね」

「千紗さんがインスタント・ラーメンだなんて、まさかそんな……」

「あら、いやあねえ。わたくしだって、インスタント・ラーメン大好きよ。カップ麺っていうのは、どうにも食べられませんけどね」

「超高級な生活しか、経験していない千紗さんがですか」

「ちょっと、それは誤解。世間がそんなふうに、勝手に決めてしまうんだわ。わたくしにもフランスにいたころ、貧しい生活の体験というものがありました。いまだって日常の暮らしは、世の中の人よりずっと質素なのよ。わたくしひとりでしたら、贅沢なことはしませんしね」

千紗は、真面目な顔で言った。

「だったら安心して、インスタント・ラーメンをいただきます」

律子は演技もあって、舌なめずりをしてみせた。

「とにかく、お風呂にはいっちゃいましょうよ」

千紗は、家の中を指さした。

大町邸には、浴室が三つあった。ひとつは田代夫婦の住まいとなっている一画にあり、この浴室はまだ覗いたこともない。もうひとつは一階に、客用の浴室としてある。三つ目の浴室は二階の寝室の隣りにあって、これは千紗専用のバスルームだった。

千紗は、二階の専用風呂を使う。律子はもちろん、一階の客用の浴室へはいった。昼間は陽光がいっぱいに射し込んで、輝くように明るい浴室であった。白いタイルに、葉の緑が映えて揺れる。

律子は、豊かな気持ちになった。朝風呂である。湯に浸かって律子は、千紗の質素な生活というものを考えた。千紗の場合は、やはり本物の質素ではないのに違いない。贅沢なことばかりはしない、という質素なのだろう。

何といおうと千紗は、大町家の財産をひとりで相続した大金持ちなのだ。東京と逗子の豪邸のほかにも、かなりの不動産を所有している。それに加えて千紗には、大町製作所の大株主という強みがあった。

大町製作所という大企業の経営に、千紗はまったく参画していない。社長である叔父にも、会社に関する口出しはしたことがないという。しかし、それでも千紗は個人筆頭はもとより、大町製作所の大株主だった。

まだ三十二歳で独身だが、千紗は富豪ということになる。もっとも富豪だからといって、ラーメンを食べるのがおかしいことにはならない。どんな顔をして千紗がインスタント・ラーメンを食べるだろうかと、律子は楽しみになっていた。

浴槽の湯に沈んで居眠りをしてしまい、律子は驚いて風呂から上がった。台所のほうで音がしている。千紗がすでに台所で、二人分のラーメンを作り上げていた。二つの丼を、律子が食堂へ運んだ。

醬油味ではなくて、白く濁ったスープのトンコツ・ラーメンであった。それが、千紗の大好物だという。二人は、ラーメンを食べた。千紗がトンコツ・スープの味を工夫したのだろうが、律子にはこのうえなくおいしいラーメンだった。

千紗は水着のうえに、ビーチ・ウェアをまとっていた。律子もそれを真似て、三度目の着替えをした。水着姿で家の中にいるのが、ひどく洒落たことのように感じられた。豪勢な解放感を、味わえるのであった。

千紗が二羽の文鳥を肩に止まらせて、クリーム色のピアノを弾いた。グランド・ピアノの向こうに見えている千紗の顔が、ドラマの役を演ずる女優のようにチャーミングである。

モーツァルトのピアノ・ソナタらしい。律子は自堕落な格好でソファにすわり、外国の写真ばかりのモード雑誌をめくっていた。睡魔に襲われても、眠ってしまうのが惜しいような気がする。

全身のだるさが心地よくて、動きたくなかった。まだ朝の八時なのだと自分を戒しめたが、律子はどうにも耐えられなかった。ソファの背に凭れて、浅いすわり方に尻を滑らせる。

ピアノの演奏が小さくなって、遠くで聞こえている。それがまた、何とも気持ちがいい。疲れてもいるし、睡眠不足が続いているのだから仕方がない。律子はそう弁解しながら、睡魔に身を委ねた。

律子は、目を開いた。頭の中がポーッとしているし、あまり快適な目覚めとはいえなかった。だが、えてして昼寝の目覚めとは、そういうものである。よく眠ったという肉体の充実感があれば、それをもって良しとしなければならない。

律子は、ソファのうえで横になっていた。完全な寝姿であった。下半身が薄掛けで覆われていて、頭の下には枕代わりにクッションを敷いていた。薄掛けもクッションも、千紗が面倒を見てくれたのだろう。

モード雑誌が、床に落ちていた。当然、ピアノの音はやんでいる。千紗の姿はなく、二羽の文鳥が鳥籠の中へ戻されていた。律子は、時計を見た。

二時である。午後の二時だと、律子は飛び起きた。立っていって、庭を眺めやった。千紗が、プールの水の中にいる。律子は、あわてて庭に出た。サンダルをはいて、律子はプールへと走った。

「ごめんなさい！」

律子は、大きな声を出した。

「よく、眠ったわね」

立ち泳ぎをして、千紗は笑った。

「六時間も、寝ちゃったんですね」

プール・サイドに、律子はすわり込んだ。

「そうねえ。知らないわよ、今夜眠れなくても……」

千紗は、潜水した。

ピンクの水着と千紗の白い肌が、水の中で鮮明に披露された。律子は、ビーチ・ウェアを脱ぎ捨てた。水にはいったほうが身体が引き締まるし、頭の中もすっきりするだろうと思ったのである。

律子は、プールに飛び込んだ。律子の紫色の水着が、プールの底で千紗のピンクと交差した。二人は足が届くところまで泳いで、水面から顔を出した。

「おかげさまで、元気になりました」

律子の小柄な身体は、沈んでいる重量がないみたいに浮き上がる。

「律子さんがあんまり気持ちよさそうにおやすみなので、わたくしも離れているソファで一時間ほどウトウトしたの」

千紗は、律子の足を掬って水の中に沈めた。

千紗がプールから上がったので、律子もそのあとを追った。テーブルのひとつにティーカップとポット、それにコードレスの電話機が置いてあった。千紗と律子は、そのテーブルのパラソルの下へはいった。

紅茶を飲みながら喋っているうちに、コードレスの電話機が鳴った。電話は、野口夫人からだった。一昨日、昨日と、楽しませてもらったことへのお礼であった。最後に、律子が代わって電話に出た。

「あら、律子さん。あなたにも、いろいろとご迷惑をおかけして、ごめんなさいね。でも、おかげさまでとても楽しかったわ」

「こちらこそ、どうもありがとうございました」

「主人がまた律子さんに、是非お会いしたいそうです」

「どうも、ほんとうに失礼いたしました」

ドギマギして、律子は電話を切った。アカ抜けた会話ができないし、大胆なやりとりは苦手であった。律子は洗練されていない自分に、嫌悪感を覚えていた。

千紗が電話で葉山の臨海亭に、洋風会席弁当というのを注文した。いつものレストランで、大町邸に限り出前を引き受けるという臨海亭であった。千紗は七時に、届けてくれと頼んだ。

午後五時半に千紗と律子は、二匹のドーベルマンを連れて散歩に出る。いつものように、寺院を結んだコースを一巡する。途中で、午後六時を告げる来光寺の鐘の音が、大きく響いた。

七時に、洋風会席弁当が届いた。千紗と律子はリビングのバーで、ワインを飲みながらステーキなどを食べた。間もなく風呂にはいり、十時ごろ就寝した。

八月十七日、晴れ。

それが習慣になったようで、午前六時の来光寺の鐘で、律子は目を覚ました。千紗も起きていて、いまからすぐにドライブをすることが決まった。

千紗の車で、大町邸をあとにした。この日は、葉山の先までいった。相模湾沿いに、三浦半島を南下する。その突端の油壺、城ケ島で海の景色と遊んだ。城ケ島の一帯で、二時間ばかり費した。

帰りに油壺に近いヨット・クラブのクラブハウスで、朝と昼を兼ねた食事をすませた。午前十時からの営業で、テラスで食事をできるのがいい雰囲気だった。

正午に、大町邸へ戻った。午後になって庭のプール・サイドでのんびりしていると、三時丁度に田代夫婦が車で帰宅した。家の中が、何となく賑やかになった。大町邸は元の軌道に戻った、という感じであった。

以上で、逗子の大町邸に滞在中の律子の日記は、終わることになる。克明に記されたスケジュールのようなもので、その詳細なメモが律子の記憶の正確さを万全にしていた。律子の勘違い、事実の誤認はゼロといえるだろう。

翌八月十八日の朝、律子は大町邸と千紗に別れを告げた。田代の車で、大船駅まで送ってもらった。律子は大船から京浜東北・根岸線に乗り、すわったきりで上野へ直行した。上野からは東北新幹線で、午後三時に盛岡のわが家へ、一週間ぶりのご帰館となった。

「こういうことでして、わたし千紗さんとはずっと一緒でしたけど……」

小日向律子は、音を立てて手帳を閉じた。

丸目警部補、池上刑事、それに夜明日出夫も無言でいた。小日向律子の長い説明が続くあいだ、二人の刑事はひと言も口を挟まなかった。ひたすら小日向律子の話に耳を傾けて、肝心な点についてのみ手帳にメモをしていた。

その間の余韻が、まだ尾を引いているかのように、丸目も池上も沈黙を守っている。それは、とりも直さず丸目たち刑事側の形勢不利を、示していることでもあった。

小日向律子の証言によって、大町千紗のアリバイは成立するということなのである。

丸目の深刻な顔つきも、胸の苦衷を物語っている。これはすんなりいきそうにないと、丸目は思っていることだろう。何も千紗を、犯人にしたいわけではない。ただ千紗がシロということになれば、捜査は振り出しに戻るのであって、それが丸目警部補には残念なのだ。

丸目と目でうなずき合って、池上刑事が立ち上がった。池上刑事は、足早に去っていく。フロントに近づいて、池上は電話を借りた。

小日向律子の母親に、電話をかけるのであった。八月十六日の午前四時に、律子から定時連絡の遅れの電話があったかどうかを、母親に確認するためである。かつての専門家として、夜明にはそうと簡単に察しがついていた。

6

八月十二日。

午前中は逗子と葉山をドライブ、午後は由比ケ浜から江の島そして鎌倉見物。

八月十三日。

一日を、横浜見物に費す。夜になって、盛岡の家へ定時連絡。

八月十四日。

朝のうちに、田代夫婦が福島へ出発。ドーベルマンを連れて、近所を散歩する。午後二時に、野口夫妻と島崎夫妻が来訪。葉山の臨海亭から、六人分の夕食を取り寄せる。二組の夫婦、大町邸に一泊。

八月十五日。

午前四時まで、ポーカーに興ずる。午後三時から、ポーカー再開。夕食として臨海亭に、特製のサンドイッチを注文。夜十時に、二組の夫婦がそろって引き揚げる。疲れ果てた律子は定時連絡も忘れて、千紗ともども十時二十分に就寝。

八月十六日。

午前四時に、定時連絡を忘れていたと千紗に起こされて、律子は盛岡の家に電話を入れる。そのあと浅い眠りに落ちたが、午前六時の来光寺の鐘の音に目を覚ます。

朝風呂にはいりラーメンを食べて、午前八時に居間のソファで眠ってしまう。起きたのは午後二時、プールで遊んでいるところへ、野口夫人から電話がかかる。

葉山の臨海亭に洋風会席弁当の出前を頼み、ドーベルマンを連れて散歩中に、来光寺の午後六時の鐘が鳴る。七時に食事、十時ごろ就寝。

八月十七日。

来光寺の鐘を聞いて、午前六時に起床。三浦半島へドライブ、油壺や城ケ島で時間を過ごし、正午に大町邸へ戻る。午後のひとときを、プール・サイドで楽しむ。そうしている午後の三時に、田代夫婦が帰宅した。

八月十八日。

大町邸を辞して、大船駅まで田代に送ってもらう。京浜東北・根岸線、東北新幹線を乗り継いで、午後三時に盛岡の自宅に帰りつく。

これが、大町千紗と一緒だったという小日向律子の行動のすべてだと、夜明は箇条書に整理して頭の中に列記した。これらを残らず、クローズアップする必要はない。高月静香が殺された時間とその前後に、焦点は絞られるのである。

高月静香が殺されたのは、八月十六日の午前三時ごろ。

犯行現場は、愛知県の蒲郡市形原町にある高月静香の自宅の居間。

一方、丸目が灰色と見ている大町千紗は、神奈川県の逗子市小坪に住んでいる。

千紗が犯人ならば、逗子と蒲郡のあいだを往復しなければならない。同じ市内とか、隣接した町とかいうのではない。神奈川県の逗子市と愛知県の蒲郡市とは、静岡県を挟んでかなりの距離を置いている。

往復するには、時間がかかる。そこでアリバイというものが、重視されることになる。

八月十六日の前日からが、まず問題とされるのであった。

八月十五日には千紗と律子のほかに、野口夫妻に島崎夫妻の四人が、逗子の大町邸に顔をそろえていた。この四人は第三者として、価値ある証人だった。二組の夫婦の証言は、絶対的である。

そして二組の夫婦は、十五日の夜十時まで大町邸にいたことを、はっきり認めているのだ。それ以前のことは、すべて切り捨てて構わない。

確かな証人のひとりの野口夫人は、八月十六日の午後三時ごろに大町邸へ電話をかけている。前々日と前日のお礼を述べるためだが、その電話には千紗と律子が出て野口夫人と言葉を交わした。

つまり、十六日の午後三時には千紗が逗子の自宅にいたということも、また野口夫人によって証明されたのであった。これ以後の出来事も、切り捨てていいわけである。

注目されるべきは、八月十五日の夜十時から十六日の午後三時までと、この間に限られる。その十七時間に関しては、千紗が逗子の自宅にいたことを証明できる人間が、律子以外にはいないからだった。

しかも、丁度その十七時間は、高月静香が殺害されたときと重なっている。この点が、重要であった。

では、律子という証人を誤魔化す方法が、千紗にはあったのだろうか。答えは、ひとつしかなかった。律子が眠っているあいだに、千紗は行動したということである。

律子はいったい十七時間のうち、いつからいつまで目を覚ますことなく眠り続けていたのか。

八月十五日の夜十時二十分から、十六日の午前四時までの五時間四十分。

午前四時に、律子はいったん目を覚ましている。それも千紗に、起こされたのだ。律子は、盛岡のわが家に電話をかけた。その電話で律子と千紗は、十分近く律子の母親と喋ったという。

それからの律子の睡眠は、午前六時までの二時間たらず。

眠りが浅かったので、律子は来光寺の鐘の音で目を覚ましている。そのまま律子は起き出してしまい、庭の景色とともに千紗の姿を見たのだった。間もなく律子は、千紗と一緒にラーメンを食べた。

睡眠不足のうえに満腹となり、千紗が弾くピアノを気持ちよく聞いているうちに、律子はソファのうえで寝てしまった。律子は、熟睡した。

午前八時から、午後二時までの六時間であった。

前夜の十時二十分から、八月十六日午前四時までの五時間四十分。

午前四時十分ごろから、六時までの二時間たらず。

午前八時から午後二時までの六時間。

律子のこれだけの睡眠時間のうちに、千紗は逗子から蒲郡まで行き、高月静香を殺したうえで、再び蒲郡から逗子へ帰ってこなければならなかった。

前夜の十時二十分から十六日の午前四時まで、律子は目を覚ますこともなく熟睡していた。その五時間四十分を利用すれば、千紗は逗子から蒲郡へ行き、高月静香を殺害することができる。

そして更に、午前八時から午後二時まで、律子が眠り続けていた六時間のうちに、千紗は蒲郡を離れて逗子の家に戻って来た。こういうことであれば律子に気づかれずに、千紗は逗子・蒲郡間を悠々と往復するのも可能だった。

ところが、中間に大きな穴があいている。午前四時からの十分間、律子はちゃんと目を覚ましていて、電話で母親とやりとりを交わした。そのとき、千紗は律子を起こしたばかりか、母親との電話にも出ているのだ。

それに加えて、午前六時から八時までというのがある。この二時間の律子は、完全に起きていた。庭でゴルフのクラブを振り回す千紗、二匹のドーベルマン、噴水の美しい水の花、ビロウ樹に囲まれたプール、松林の向こうの海とヨットの帆などを、夢ではなくて律子ははっきりと見ている。

それだけではない。律子は千紗と二人で、おいしいラーメンを食べたのであった。千紗はピアノでモーツァルトのピアノ・ソナタを弾き、律子はモード雑誌を開いていた。どんなに寝ぼけていても、そこまで錯覚する人間はいないだろう。

四時十分から六時までの眠りにしても、あまり役に立つとは思えない。その間を利用しようとしても、いつ律子が目覚めるかわからないという不安があって、千紗はとても行動を起こせない。実際に律子は眠りが浅くて、午前六時に目を覚ましている。

いや、それ以前に律子と千紗はそろって、盛岡への電話に出たという明白な事実がある。午前四時に律子と千紗が、逗子の大町邸の寝室にいたことは間違いないのであった。千紗は、出かけたりしていない。

百歩譲って、千紗が前夜の十時二十分以降の律子の熟睡時間を、利用したとしてみよう。千紗はまず五時間四十分で、逗子・蒲郡を往復しなければならなかった。

逗子から蒲郡までの距離を、三百キロぐらいと仮定すれば、往復で六百キロになる。犯行の時間も含めて、五時間四十分で六百キロの距離を消化できるだろうか。

往路の三百キロは、四時間三十分をかけて走れたかもしれない。だが、帰りはどうなるだろうか。犯行時間は、午前三時ごろである。そして千紗は午前四時に、律子を起こしているのだった。

帰路は、一時間しかないことになる。蒲郡から逗子までの三百キロを、一時間で走行しなければならない。それは、物理的に不可能であった。

大町千紗にアリバイは成立すると、夜明は温かい力が抜けていくような満足感を覚えていた。

池上刑事が、引き返して来た。池上は椅子に腰を据えてから、表情のない顔を丸目に向けた。池上には意気込みが感じられないし、丸目も期待しない面持ちでいた。

「八月十六日の午前四時に、電話があったそうです。その電話に、大町千紗も出ました」

池上刑事は、丸目に報告した。

丸目は、黙ってうなずいた。

「母から、確認を取ったんですか」

律子が、乗り出した。

「ええ」

池上刑事が、質問に応じた。

「そのことでしたら、わたしだってちゃんと母に確かめておきました」

律子は、不服そうであった。

「念のためです」

「念のため、念のためって、結局わたしの言っていることが、信じられないいんじゃないんですか」

「そんなことはありません。ただ時間っていうのは見間違えるってことがありますし、錯覚する場合だってありますからね」

「こんな時間に非常識だって、いまは明け方の四時だということを、母のほうが言ったんです」

「そうだそうですね」

「それで、わたしも自分の時計を見て、ほんとに四時だって確かめたんです。見間違いとか錯覚とか、そんなことはあり得ません」

「ですから、念のためです」

「やっぱり、信用できないんでしょ」

「夜中にいきなり起きたりすれば、寝ぼけていることだってありますからね」

「千紗さんもわたしも、二人そろって寝ぼけていたら、まともに電話だってかけられません」

「そうでしょうね」

「重大なことを忘れていたって、しまったという気持ちで起きたんです。そんなときは、寝ぼけてなんていられません。電話をかけたあと、ついでに寝室を出ておトイレにも行きましたし、そのとき階段の窓から庭園灯に照らされたお庭も見ているんです。頭の中は、はっきりしていました」

「よく、わかりました。お母さんも腕時計と置き時計の両方を見て、四時であることを確認したとおっしゃっていました」

「母もわたしも、嘘なんてつきません。まるで、みんなで共謀しているみたいに疑われているようで、不愉快になります」

　誇りを傷つけられたのか、小日向律子は立腹を隠さなかった。

「共謀だなんて、とんでもありません。あなたは大町千紗さんと利害をともにしない善意の第三者として、おっしゃることのすべてを信頼していますよ」

池上刑事は守勢に回って、逃げ腰になっていた。

「まあまあ……」

丸目警部補が苦笑して、律子のほうへ向き直った。

「これも確認なんですが、あなたと大町千紗さんは寝室が一緒だったんですね」

丸目は童顔に、笑いを絶やさずにいた。

「ええ、そうでしたけど……」

それがいけないのかと言いたげに、小日向律子の口ぶりは尖がっていた。

「逗子の大町宅に滞在中は、ずっとそうだったんですか」

「それが、当然でしょ」

「しかし、お客用の寝室というのが、何部屋かあったんじゃないんですか」

「三階が全部、そうなっています。お客さんが泊まるときの寝室が、三階に三部屋ありました」

「それなのに、あなたは大町さんと一緒の寝室だったんですね」

「わたしを取り立てて、お客さまみたいに扱うほうが、おかしいんじゃないんですか。千紗さんの従妹ということで、身内も同然でしょ。そのうえ、お世話になるばかりの居候なんですから、麗々しくお客用の寝室を使うなんて気が引けます」

「なるほどね」

「わたしが男でしたら、もちろん寝室は別にしますけど、女同士となると同じお部屋に寝たがるもんなんです。そのほうが寂しくないし、お喋りができるし、朝だって一緒に起きられますし……」

「うん、わかります」

「特に田代さん夫婦の留守中は、あの広い家の中に二人きりなのに、別々のお部屋に寝るなんて気にもなりません」

「大町千紗さんの寝室には、もともとベッドが二つあったんですか」

「いいえ、寝室には千紗さんのダブル・ベッドが、でんと置いてあるだけでした。ですけど二十畳からの広さがあります寝室だし、わたしが泊まるということになったものですから、千紗さんの寝室にエキストラ・ベッドを入れてくださったんです」

「そうですか」

「わたしが知っているのは、そのくらいのことでして、これ以上は何もないと思いますけど……」

「もうひとつ、伺いたいんですがね」

「はい」

「大町千紗さんの口から、高月静香という女性の名前を、聞いたことはありませんか」

「タカツキ……？」

「高い低いの高、お月さまの月、静かに香ると書きます」

「さあ、聞いておりませんけど……」

「この高月静香というのは、大町千紗さんの高校時代からの親友だったんですが、八月十六日の午前三時ごろ愛知県蒲郡市で殺されましてね」

「じゃあ、その事件に関連して、千紗さんのことを調べているんですか」

「高月静香が殺されたことは、新聞かテレビのニュースかで、大町千紗さんも知ったと思うんですよ。そうしたことから、大町千紗さんが驚いてあなたに何か言ったりは、しなかったんでしょうかね」

「わたしには、覚えがありません」

「八月十九日が告別式だったんですが、それに顔を出すといったようなことも、大町千紗さんから聞きませんでしたか」

「全然です」

小日向律子は、手帳をバッグの中にしまった。

「そうですか」

火をつけずに銜(くわ)えていたタバコを、丸目警部補は握りつぶすようにした。

7

盛岡発十一時の『やまびこ六八号』に乗った。この新幹線の座席は、池上刑事だけが遠くに離れるということはなかった。いちおう、横一列に並んだ。ただし池上刑事の席は、通路を隔てた向こうだった。

昨日の夜行と違って、窓からの眺めがよかった。東北地方の大地は広大であり、遠くの山脈（やまなみ）に達する田園風景がのどかであった。真夏の陽光を浴びて、限りなき風景が底抜けに明るい。

だが、過去における眺望と比べると、人家がはるかに多くなったように感じられる。交通の発展によって、都市化が進んでいるのだろうか。ここでも夜明の知るよき時代が、遠のいていくようで寂しかった。

丸目平八郎は、むっつりと黙り込んでいる。まあ仙台まではそっとしておいてやろうと、夜明も知らん顔でいた。仙台までは、各駅停車である。北上とか水沢江刺とか一ノ関とか、夜明はいちいち停車する駅名を確かめた。

十二時十五分に、仙台を発車した。池上刑事が配った駅弁を、夜明と丸目は食べ終えたときでもあった。もういいだろうと、夜明は思った。

盛岡行きが空振りに終わったからと、何もこれ以上は丸目に同情する必要はなかった。殺人事件の捜査とは、そうそう甘いものではないのだ。無駄足は当たり前で、労られるほうが気持ち悪い。

「大町千紗の足を、丸さんはどう見たのかね」

夜明は丸目に、一瞥をくれた。

「八月十六日の逗子と蒲郡を、往復した足かい」

丸目は、憮然とした面持ちでいた。

「まさか、新幹線ってわけにはいかんだろう」

夜明は指先で、サングラスを押し上げた。

「新幹線は、走っていない時間だ」

丸目は瞼のうえから、眼球を指圧していた。

「寝台特急は、どうだろう」

「寝台特急の最終だろうと、とても間に合わんね。大町千紗が単独行動をとれたのは、十五日の夜十時二十分以降だった。それじゃあ、寝台特急にも乗れないよ」

「列車というのは、最寄りの駅から現場までの距離がある。タクシーに乗るほかないが、それだと足がつく恐れがある」

「やっぱり、車しかないだろう。東名高速があるんだから、足は自分の車を使うと断定できる」

「千紗は、外車を二台持っている」

「どっちとも、色が黒と紺だし型が派手じゃないから、目立たない外車だな。ベンツとBMWだ」

「走行距離は、どうだった」

「二台とも、かなり走っている。何しろ、あのレディーの趣味は、ドライブということなんでね。最近になって急に五、六百キロも走ったらしいとは、使用人の田代氏にも計算ができないそうだ」

「逗子市の小坪から蒲郡市の形原町まで、車で走る距離としてどのくらいあるんだろうな」

「ざっとの計算で、東名高速が約二百五十キロ、一般道路が五十キロ、合計三百キロっていうところだ」

「おれの計算と、ぴったりだ」

「単純計算で東名高速を時速百キロで飛ばし続けて、一般道路は時速五十キロを維持して走ったとすれば、逗子から三時間三十分で蒲郡につく」

「それよりも、速いという乗り物は絶対にないのか」

「ないいね」

「ヘリコプターだな」

「もし逗子の大町邸と蒲郡の高月静香の家に、発着できるヘリポートがあれば、ヘリコプターであっという間だ」

「そんなことは不可能だとすれば、足は車だったと決まりだな」

「大町千紗は十五日の夜十一時に、逗子の家を車で出発したとする。時間が三時間半以上かかったとしても、十六日の午前三時よりも早く蒲郡市の高月静香の家につく。それで大町千紗は、午前三時には高月静香殺害を遂行できる」

「問題は、そのあとだ。午前四時にはもう小日向律子と一緒にいて、盛岡へかけた電話にも千紗さんは出ているんでね」

「午前三時から四時までの一時間に、大町千紗は逗子の家に帰って来ていなければならなかった」

「三百キロを一時間で走るなんて、とても不可能だ」

「ヘリコプターでも、難しいだろう」

「したがって、千紗さんのアリバイは成立する」

「喜んでいるのか」

「結果は、初めからわかっていた。だから、喜ぶほどのことじゃない」

「夜明さんには、当然の勝利ってことか」

「アリバイは完璧、動機も明らかではない。それじゃあ、どうしようもないだろう。あの最高のレディーを、殺しの犯人と疑ったりするのが、どだい無理だってことさ」

「そうおっしゃいますがね、おれもまだ敗北は認めていないんだ」

「負け惜しみは、おやめよ。悪あがきしたって、捜査は進展しないんだ」

「あの電話だよ。午前四時に、盛岡へかけた電話なんだ」

「それが、どうした」

「大町千紗が小日向律子を午前四時に叩き起こして、あの電話さえかけさせなければ、完璧なアリバイは成立しなかった。小日向律子は前の晩の十時二十分ごろに眠って、翌朝の七時や八時までは目を覚まさなかったのに違いない」

「そうなれば律子先生が眠っているあいだに、千紗さんは自由に単独行動がとれたということで、アリバイの立証は困難になるってんだろう」

「小日向律子が朝まで眠っていれば、人知れず大町千紗が行動できた時間は八、九時間になる。八、九時間あったら、逗子・蒲郡間の往復も可能だった」

「おれは、そんな芸当ができるとは、思わんね。いくら律子先生が翌朝まで眠ってくれていたとしても、途中で絶対に目を覚まさないという保証はないんだぜ」

「それは、わかっている」

「だだっ広いお屋敷にたったひとりで寝ていれば、不気味に静まり返っていることからハッと目をあけたりする。トイレに、起きることもある。そうなれば、寝室に千紗さんがいないってことも、気配でわかるだろう。千紗さんが寝室から消えたってんで、律子先生は家中を捜して歩くだろう」

「うん」

「玄関の外へ出て、千紗さんの車の片方も見当たらないってことに、律子先生は気づくかもしれない。そうしたら、律子先生には逆に、千紗さんが夜中に外出したということを、証言されてしまうだろう」

「小日向律子は、大町千紗のアリバイを否定する証人になる」

「千紗さんにとっては、このうえなく危険だ。そんなことで千紗さんは、律子先生が目を覚まさないという保証がない限り、イチかバチの賭けには出ないと思うね」

「小日向律子が十時間はどんなことがあっても、目を覚まさないという睡眠薬でも飲ませれば別だがね」

「ところが千紗さんは午前四時に、律子先生を起こしているんだ」

「それが、気に入らないんだよ。そのときに限って大町千紗はなぜ、小日向律子をわざわざ起こしたりしたんだろう」

「丸さんも、素直じゃないね。定時連絡を忘れていることに気づいて、あわてて千紗さんは律子先生を起こしたんじゃないか」

「それが、うまくできすぎているって気がするんだ。午前四時に小日向律子を起こしたことによって、大町千紗のアリバイは証明されたんだからね。そうなると一種のアリバイ工作で、大町千紗は作為に基いて小日向律子を起こしたものと考えたくなる」

「どっちにしろ、千紗さんは律子先生と一緒に逗子の家の寝室にいたってことで、アリバイが立派に成立するんだから仕方ないだろう。丸さん、往生際が悪いぜ」

「敗北を、認めるか」

「そう。そうすれば、あんたも楽になる」

「さっき小日向律子も知らんと言っとったが、高月静香が殺されたというニュースにも、大町千紗は無関心でいたらしい。高月静香の告別式にも、大町千紗は現われなかったようだ」

「それも、気になるのか」

「うん」

「絶交状態にある女同士ってものは、徹底して薄情であり冷淡だともいう」

「それにしても、かつての親友が殺されたんだからな。その記事を新聞で見れば驚くのが当然だし、線香の一本も供えようという気になるはずだ」

「律子先生の前では、驚かなかったということなのかもしれない」

「意識的に無視したんだとしたら、やはりそこに何かあるな」

「いい加減にしたらどうだい、丸さんよ。女の尻ばかり追わずに、男の尻も追ってもらいたいね」

「男って、誰のことだい」

「県会議員の先生だ」

「夏木潤平氏なら、別のスタッフの捜査の対象にしているよ」

「あんたも、そっちに合流したほうがよさそうだ。事件の発見者というだけで、あの夏木潤平、おれにはプンプン匂うね」

「そういうときの夜明さんの鼻は、よく利くそうだからな」

「夏木潤平大先生ってのは、何かの中心人物のひとりという感じがする」

「よく、覚えておきましょう」

箱の中に一本だけ残っているタバコを、丸目は指でかき回すようにして抜き取った。

「二度と逗子のレディーに近づかずにいてくれたら、おれも安心して眠れるんでね」

ヘビースモーカーの丸目が、一時間以上もタバコを吸わなかったことに気づいて、夜明は感心して警部補を眺めやった。

それほど、丸目の失望は大きかったのだ。千紗に完璧なアリバイなどないということに、丸目はずいぶんと自信を持っていたのに違いない。盛岡へくるまで、丸目の千紗に対する心証はクロだったのである。

それが、みごとに覆された。疑問や矛盾があったところで、アリバイが成立すればもはや容疑圏外にいる千紗だった。突如として目標を失ったように、丸目は面喰らっているのだろう。

丸目は現実主義者なので、苦しまぎれに共犯者がいる可能性を、持ち出したりはしなかった。高月静香殺しは、利害がらみの犯行ではない。怨恨という動機か、あるいは口封じのために抹殺されたものと、丸目警部補は見ている。

その種の犯罪となると、共犯者は不要である。協力者もいないはずだった。むしろ、共犯者や協力者の手を借りれば、あとあとまで危険が尾を引く。

報酬を与えて共犯者とした人間は、決して消えてなくならない。次の障害物となって、行く手に立ち塞（ふさ）がる。千紗のような金持ちとなると、なおさらのこと秘密を握られた弱みの代償は膨大であった。

いっさい他人の力を借りずに、目的を遂げなければならない。つまり、共犯者はいないのだ。あくまでも単独犯で、千紗はみずから高月静香殺しを実行する。

だが、その千紗には動かし難いアリバイがある。共犯者がいないとなれば、アリバイに勝る無実の証拠はない。千紗は犯人どころか、事件にも無関係なのであった。

「間違いないか」

そう口の中でつぶやいて、夜明日出夫は自分に念を押した。

千紗と殺人犯は、どうにも結びつかない。千紗が高月静香を殺したとは到底、夜明に考え及ばないことだった。千紗は完全にシロだと、夜明は心底から信じている。

しかし、何が何でもという感情論に、夜明は支配されていない。丸目が指摘する疑問点のうちには、夜明も釈然としないことが含まれている。

たとえば、千紗のアリバイであった。ほとんどの夜を千紗と律子は、何事もなく安眠することで過ごしている。それなのに高月静香が殺された夜に限って、午前四時に目を覚ましたりのゴタゴタがあった。

そういうところには、確かに作為らしきものが感じられる。ただ、アリバイが成立するということで、そこから奥へは踏み込めないのである。

八月十五日の夜から十六日にかけて、千紗には逗子・蒲郡間を往復する時間がなかった。捜し出しようもなく、作り上げることもできない時間となっている。まるで何者かが莫大な金を支払って、買い取ってしまったような時間だった。

「未練なようだが、あとひとつやっておきたいことがあるんだ」

丸目が夜明のほうへ、上体を倒すようにした。

「うん」

夜明はどんなことかと、興味を覚えていた。

「逗子の大町邸の門前から、蒲郡の『千代田』の裏まで、実際に車を走らせてみたいんだ」

「おれのタクシーを使うんだったら、大賛成だね」

「夜明さんのタクシーとは……」

「おれが運転する孫悟空タクシーに乗って、蒲郡まで走るのさ。もちろん有料ってことで、おれの稼ぎにもなるんだがね。三百キロも乗ってくれる客は、隠語でイッパツと言う」

「だけど夜明さんは自宅療養中で、タクシーの運転なんてできないだろう」

「明日から、出勤しますよ。出勤したからには、ちゃんとした売り上げがなければまずいんだ」

「どっちみち、三百キロを走る車代は払わなければならない。それが夜明さんの売り上げになるんだったら大いに結構だが、あんたの身体のほうは大丈夫なのかね」

「ベイビー並みの過保護ってやつが、おれは大嫌いでね。売り上げにご協力いただいたうえに、おれも蒲郡市で現場の匂いを嗅げるんだ。そうなったら、身体のコンディションだって上々さ」

「じゃあ、明日は孫悟空タクシーの客になるとするか」

丸目は白い歯を見せて、空になったタバコの箱を握りつぶした。

「車の運転は、プロに任せてもらおう」

夜明は胸を張って、ニヤッと笑った。

逗子から蒲郡まで走って、買われた時間を取り戻すようなことになったらどうするつもりだと、ふと夜明の胸を冷たいものがよぎった。

それは、悪い予感かもしれなかった。

第三章　いたちの道

1

翌日は八月二十四日、金曜日であった。

この日、夜明日出夫は突然、孫悟空タクシー目黒営業所に出勤した。

タクシー会社の勤務体系には、何種類もあって、勤務時間によって分けられている。営業所を出発することを出庫というが、その出庫時間に違いがあるのだった。

午前七時の出庫をはじめ、八時、九時、十時、正午、午後一時というふうに続く。しかし、午前八時の出庫というのが最も一般的で、乗務員の七割がこの勤務時間に従っている。

夜明日出夫もこれまでは、午前八時の出庫を常としていた。だが、この日の夜明は十時をすぎてから、目黒営業所に顔を出した。自宅療養中の怪我人が、朝早く予告もなしに出勤するのは、何となく不自然である。

それに、丸目平八郎と目黒営業所の斜め前に位置する大鳥神社の交差点で、午前十一時に落ち合うことになっていた。したがって、十時すぎに出勤するほかはなかったのだ。

タクシーの大半が、目黒営業所を出払っていた。同僚といえる運転手の顔も、ほとんど見当たらなかった。夜明は、営業所長と業務課長に、挨拶をした。

「療養期間は、あと一週間も残っているんじゃないか」

業務課長は驚いたが、乗務員の出勤を歓迎する顔つきであった。

「いやあ、退屈でおかしくなりそうですし、身体を持て余しちゃいましてね」

とっくに固定具や湿布を、はずしてしまっている首の周囲に、夜明日出夫は手を滑らせた。

「きみは、働き者だからな。まあ、無理はしなさんなよ」

業務課長は、機嫌がよかった。

「乗務してみて具合がよくないようでしたら、また休ませてもらいます。今日は、テストということで……」

夜明は、日報を受け取った。

「ああ、そのほうがいい。だったらとりあえず、三五一号車に乗務してもらおうか」

業務課長は、車庫にポツンと納まっているタクシーを指さした。

毎日のことだがツリ銭用として、十円硬貨で五百円を渡される。今日は愛知県警の貸し切りタクシーなので、ツリ銭など不要であったが、いちおう五百円をもらっておく。

　夜明は三五一号車のブレーキ、ライト、防犯灯を点検した。異状がなければ、出庫である。夜明は、運転席に乗り込んだ。いつもと違って、一台だけで営業所をあとにする。

　午前十一時の出庫だった。山手通りへ出ると、目の前に大鳥神社の交差点がある。さっそく手を振る客がいたが、それを無視して交差点の近くで車を停める。丸目警部補、池上刑事の順で、後部座席へ乗ってくる。

　あとの出張組の刑事たちは、なおも東京に留まるということであった。今日は丸目警部補と池上刑事だけが、逗子・蒲郡間の所要時間を測定がてら、蒲郡市へ引き揚げるのである。

　逗子へ、向かった。

　お盆休みのときほど、ガラガラの道路ではない。しかし、湘南地区や三浦半島へ通ずる有料道路は、それほど混雑もしてなかった。そうした現象もまた、夏の終わりを告げているようだった。

　おそらく明日と明後日の週末が、この夏最後の人出となるだろう。あらゆる幸運と悲劇に彩られた人々の思い出を残して、今年もまた夏が去っていくのである。

「ニュースがあるんだ」

　背後で、丸目が口を開いた。

「悪いニュースか」

夜明は一瞬、ドキッとなった。

「心配しなさんな、あんたのレディーには関係ない。むしろ、あんたが喜びそうなニュースだ」

丸目は、悪戯っぽく笑った。

「何があったんだ」

夜明は短く息を吐いてから、のど飴をしゃぶった。

「今朝、夏木潤平氏について、捜査本部から連絡があった」

「県会議員の先生か」

「夏木潤平氏は参考人として、捜査本部の事情聴取に応じていたんだが、その供述に二、三、胡散臭いところがあるんだそうだ」

「ほれ、おいでなすったな」

「夏木潤平氏は、被害者と愛人関係にあったことを認めている」

「そいつは認めなくたって、わかりきっていらあな。おれという証人がいる」

「蒲郡市の有力者に紹介されて、夏木潤平と高月静香は知り合った。夏木は足しげく、蒲郡の『千代田』に通った。それから間もなく、二人は深い仲になった」

「それは、いつごろのことなんだ」

「深い仲になって、まる一年だそうだ。高月静香は身持ちが堅くて、男のほうがどんなに熱くなろうと、最後の線を越えることはなかったらしい」

「ほんとかね」

「若いときから、愛情抜きの取引ばかりで男と肉体関係を持ったのが、その原因だろうと夏木は語ったそうだ。セックスより、金儲けということらしい」

「つまり、冷感症か不感症だったってことか」

「セックスを刺激されることがないんで、誘惑にも強かったって意味なんだろうな」

丸目はタバコを吸うのに、冷房中の車内を気遣って窓をあけた。

「人はというより女は、見かけによらないね」

夜明は、タクシーの客にしたときの高月静香の妖艶さ、それに色気というものを思い出していた。

丸目の話は、夏木潤平が参考事情として述べたことの受け売りだった。それによると高月静香は、夏木潤平とのセックスにも淡泊であったという。

セックスの歓喜はもとより、快美感の昂りもそれほどのものではなかった。たまに小さな声を洩らす程度で、あとは人形と変わらない静香だった。

自分からセックスを求めることは、一度もなかった。夏木に抱かれることを拒みはしないが、どうでもいいという態度で応じた。みずからが性的な満足を得られなくても、高月静香は苛立つこともない。

三十六という年の差の愛人田丸長一郎が、六十二歳で急死した。二十六歳だった静香はそれ以来、セックスを経験していなかった。つまり高月静香は六年ぶりに、夏木という男と深い仲になったのだ。

夏木潤平は当初それを、静香の作り話として本気にしていなかった。だが、その後の性生活を通じて、夏木は静香の言うことを信ずるようになった。

性の歓びを知らない。セックスを単なる行為と受けとめているので、自然に欲望も穏やかで淡泊にならざるを得ない。男よりも商売に意欲と情熱を燃やす女と、夏木は静香の正体を見極めたのであった。

断わるまでもなく、静香は夏木との結婚など問題にしていなかった。静香はいっさい、夏木を束縛することがない。夏木の妻に対しても、まるで嫉妬は感じないようだった。名古屋市の東区徳川町にある夏木の家庭には、何の関心も払っていなかった。

男を独占しようとする女の愛とは、まるっきり質が異っていた。そういう意味では、男を愛せない静香だったのだろう。男みたいに大まかで、ベタベタもしない代わりに陰湿なところがなかった。

ただ、夏木が自分の愛人だという意識は、静香もしっかり持っていたようである。夏木の訪問を歓迎したし、東京へ誘えば静香は必ずついて来た。

肉体関係から生ずる情も、ちゃんと通い合っていた。夏木の頼みには、熱心に耳を貸した。静香にできることなら、あっさりと引き受ける。夏木からの経済的な援助も、静香は受けていなかった。

むしろ、夏木のほうが静香から、金を借りていた。あくまで借金なのだから、借用証を書くことになるが、静香は一度も断わらずに融通してやったらしい。夏木の供述によると、静香に借りた金額は二千万円に達していたという。

事実、静香の金庫の中から、合計二千二百万円の夏木の借用証が見つかっている。それらの金を、夏木は県会議員の立場において消費した。そのことがよくわかっていたので、静香は夏木の借金に応じたのだろう。

しかし、ここへ来て夏木と静香のあいだに、揉め事の波が立つようになった。夏木が国会進出の野心を抱いたことが、争いの火種となったのである。

次の総選挙に出馬して、県会議員から国会議員への雄飛を図る。そのときには当然、県会議員を辞職することになる。そうした胸中を夏木が初めて明かしたときから、静香の大反対に遭ったのだった。

国会議員の器ではないし、当選も百パーセントおぼつかない。県会議員でいれば、当分は安泰だろう。だが、一介の浪人となったあとは、再浮上も困難なのに違いない。万が一、奇跡的に当選したとしても、一期だけの陣笠代議士で終わる。

そうとは火を見るよりも明らかだ、というのが静香の反対の理由であった。ところが、いったん出てしまった色気は、そう簡単に消せないものである。夏木は意地にもなるし、大丈夫だという自惚れも助平根性も捨てきれない。

そのために夏木と静香の争いの炎は、火勢を強めることになった。双方ともに、主張を引っ込めない。最近は、結論が出ないことを承知のうえの口論が、絶えなかった。

「あなたとの仲も、これまでね」

静香が、そう宣言することも、珍しくなくなっていた。

「そんなこととは、別の問題だろう」

そっぽを向いて、夏木は嘯く。

「わたしね、分不相応とか身のほど知らずとかいう人間が、大嫌いなのよ」

「だから、おれとも手を切るっていうのかい」

「そう。身のほど知らずな人間には、自分というものがよくわかっていない。そういう人間って、必ず墓穴を掘ることになるわ。いわば、危険人物よ。そんな危険人物にかかわっていたら、このわたしにとってもマイナスになりますからね」

「危険人物にされるんだったら、おれのほうから絶縁状を叩きつけるべきかもしれないな」

「そうしたら、どうなの」

「いいのか」

「いいわよ。じゃあ、さっそくやるべきことを、きちんと片付けてもらいましょうか」

「やるべきことって、何なんだ」

「別れたら、そのときから赤の他人よ。赤の他人から借りたお金を、そのままってわけにはいかないでしょ」

「返せば、いいんだろう」

「そうよ。二千万以上、積もり積もっているわ。さあ、残らず耳をそろえて、返してもらいましょうか」

「無理を言うなよ、これから工面するんだから……」

「赤の他人からの借金は、待ったなしなんですからね」

「そういうのを、弱みにつけ入るってんだよ」

「わたしを敵に回したら、恐ろしいってことを知らないようね」

「いくらそっちが恐ろしくたって、立候補する決心に変わりはないさ」

「そうはさせないわ」

「選挙妨害か」

「立候補を正式決定したら、その日から追い落としのキャンペーンを開始するわよ。わたしとの関係をはじめ、二千万円の借金、そのほかのあなたの個人的な秘密を、スキャンダルとして暴露しますからね。あなたは間違いなく、立候補辞退に追い込まれるわ」

「どうも、わからんね。いまのままだったら、これまでどおりきみは頼りになるおれの味方。ところが、おれが総選挙に出るとなると一変して、きみとは憎み合うような敵同士なんだろう」

「総選挙に出て、必ず落選する。あなたは再起不能で、落ちぶれ果てる。そうなれば、あなたはわたしのお荷物、何かにつけて負担になるに決まっているわ。ここへ転がり込んでくるかもしれないし、二千万円の借金も返してもらえない。それに、浪人になったあなたには、利用価値がなくなる。わたしは自分の安全を守るために、現状維持に努めなければならないのよ。それとね、常識に基いたわたしの忠告に、従わない人間が許せないんでしょうね」

「困ったもんだ」

「そんな能力もないくせに、政治家になろうなんてやつは大馬鹿よ」

「そこまで、言うことはないだろう。いい加減にしろ」

夏木は、腹立たしくなる。

「あんたにしたって、全財産をドブに捨てるようなもんだわ」

静香の憎まれ口に、際限はなかった。

顔を合わせるたびに、こうした言い争いになる。静香はいつになく、頑固で執拗だった。

時がたてば静香も諦めて、いやいやながら折れるだろうという期待は到底、持てそうになかった。

　何とか静香を説得すればという自信も、夏木は失いつつあった。そうかといって、総選挙への出馬を断念するのはいかにも惜しい。夏木が属する政党は、中央も愛知県連もともに出馬に反対している。

　公認はもらえないだろうし、選挙応援がないことも覚悟しなければならない。だが、夏木の個人的な後援会と支持者たちは、大乗り気なのであった。すでに出馬のための準備を、進めてくれているのだ。

　夏木自身も後援会の会合で、出馬と決意の表明を繰り返していた。いまさら、引っ込みはつかない。しかし、静香に叛旗をひるがえされたら最後、出馬辞退ですむどころか県会議員でいることもできなくなる。

　夏木は、迷った。衆議院解散の時期を推測し、逆算するととてものんびり構えてはいられない。まず今月いっぱいまでに静香を説得して、第一歩を固めない限り何もかも間に合わなくなる。

　夏木は、切羽詰まっていた。

　そんなとき、静香が殺されたのである。

「そういうことで夏木潤平氏には、静香殺しの動機もチラチラして来たらしいんだ。まだまだボロが出そうだっていうんで、夏木からの事情聴取に捜査本部は力を入れるそうだよ」

丸目警部補は、浮かない顔でタバコを吸っていた。

2

横浜横須賀道路と逗葉新道を経て、葉山町の国道一三四号線へ出る。北西へ向かって長柄トンネルを抜けると、そこは逗子市であった。

田越川を渡り、左手に逗子湾そして相模湾の海を眺める。逗子湾沿いの湘南通りを走り、伊勢トンネルを通過した。再び青空の下に出れば、眼前には小坪のバス停がある。西に逗子マリーナ、北に大町邸が位置している。

夜明日出夫が、何度も来ているところではない。この一帯を、さんざ走り回った覚えもなかった。それなのに、夜明日出夫の目には、見慣れた光景のように映じた。

ここまで小日向律子を乗せて来て、大町邸に寄ったときのことが、懐かしく思い出された。会いたいのではなく、千紗の顔が見たくなる。

だが、大町邸の門の前まで行け、という丸目警部補の指示はなかった。大町千紗と出会わないほうがいいと、丸目は用心したのに違いない。

距離が変わらないということで、丸目は出発点を小坪のバス停に定めた。昼の食事をする時間も、節約しなければならない。さきほど葉山のパン屋で、池上刑事がサンドイッチと牛乳をどっさり買い込んだ。

助手席には夜明の分として、サンドイッチの容器とコーヒー牛乳のパックが置いてあった。丸目警部補と池上刑事は、後部座席で早くもサンドイッチを頬張っていた。

「出発したら、蒲郡までノンストップですよ。サービスエリアにも寄らないし、トイレは大丈夫ですか」

夜明はハンカチで、サングラスのレンズをふいた。

返事は、なかった。黙々とサンドイッチを食べているのは、オーケーという意味なのだろう。丸目が口を動かしながら、腕時計をにらんでいた。スタートの時間を、待っているのだった。

午後一時になった。

「出発しよう」

丸目の手が、夜明の肩に触れた。

孫悟空マークのタクシーは、特にあわてずに発進した。夜明はおもむろに、サングラスをかけ直した。夜明は楽しくなって、ピーッと口笛を鳴らした。

「最高のレディーが、車で蒲郡へ向かったと仮定してだ。まずは東名高速の厚木インターを、目ざしたはずだよ」

丸目の唇は、牛乳で白く濡れていた。

「横浜インターだと、気分的に遠いって感じだからな」

夜明も膝のうえに、サンドイッチの容器を移した。

「厚木インターまで行くのにも、一般道路の近道や脇道は避けただろう。迷ったり、おかしなところに出てしまったりする恐れがある」

口の中にサンドイッチを押し込んだので、丸目の言葉は途中から不明瞭になっていた。

「多少は遠回りでも、走り慣れた国道を選ぶってことさ」

コーヒー牛乳のストローを、夜明は銜えて吸った。

「それから、最高のレディーが走ったとすれば、夜遅くなってからの道路だ。いまだと事故を起こさない程度に飛ばさなければ、夜中の所要時間とは比較できなくなる」

「飛ばすのは結構だし、追い越しも割り込みもプロの腕に任してもらうよ。ただし、白バイさんに見つかったときは、そっちに頼むぜ。ちなみに割り込みを、おれたちはカマスと言うんだ」

「いいだろう」

「何なら、パトカーに先導してもらうってのは、どうだい」

「だったら、われわれはパトカーに乗るさ。夜明さんのタクシーは、ご用ずみってことになる」

「そいつは、まずいねえ」

「夜明さんは、どう国道を走るつもりだ」

「このまま、真っ直ぐ湘南海岸を突っ走る。国道一三四号線だよ」

「よし、あとはお任せだ」

丸目は、指を鳴らした。

「五十キロのスピードを、できるだけ維持してみよう」

夜明は、サンドイッチを摘まんだ。

逗子から西へ直進して、鎌倉市、藤沢市、茅ケ崎市を通り抜けることになる。一三四号線は一号線の南を並行する国道で、相模湾に接して走る海岸道路だった。

交通渋滞はないが、夜中のように車の数は少なくはない。八十キロで走行を続けることは、ほとんど不可能であった。だが、八十キロの必要はなく五十キロを維持すれば十分だと、夜明も丸目も判断していた。

仮に千紗が夜中のこの道を走ったとしても、滅多やたらに飛ばしたりはしないだろう。人知れず行動するのに、何よりも用心しなければならないのは事故なのである。

事故を引き起こせば、その場にいたということが明白になる。それでは、人知れず行動したことにはならないし、計画そのものが失敗に帰してしまう。

無理な運転、スピードの出しすぎは禁物であった。ゆっくりは走れないから、適当のスピードを一定させることが肝心といえる。高速道路でなければ、時速五十キロが適当なスピードだった。

江の島、湘南海岸公園とすぎて、茅ケ崎市へはいる。スピード計は、五十キロの前後を小刻みに指している。夜明の運転は大胆に先行の車を追い越し、巧みに割り込んで真っ先に信号を通過した。

相模川を越えると、平塚市であった。湘南大橋を渡って間もなく、一三四号線に別れを告げて右折する。国道は一二九号線に変わり、東名高速の厚木インターまで直線コースである。

十二キロを北上して、厚木インターにぶつかる。逗子の大町邸からの距離は三十七・五キロ、所要時間は約四十分であった。孫悟空マークのタクシーは走り続けて、厚木インターから東名高速へ進入した。

夜中の東名高速に、渋滞やノロノロ運転は皆無だったとする。しかし、トラックを主とする交通量が、かなりあったと想定しなければならない。

ドライバーは女であり、千紗の安全運転心理を考慮すれば、時速百キロの走行を維持したとするのが妥当だろう。夜明はスピードを上げて、時速百キロを保つことにした。

走行は、順調であった。秦野中井、大井松田、御殿場の各インターを三十分のうちにすぎた。後部座席の二人の刑事は、目を閉じてはいないが黙り込んでいる。夜明は退屈して、単調な運転が眠気をもたらした。

「ベイビー……」

と、呼びかけそうになって、夜明は口を押さえた。

「池上の旦那」

咳払いをして、夜明は言葉を改めた。

「はい」

池上刑事は、無愛想だった。

夜明に『旦那』と呼ばれたことが、馬鹿にされたようでおもしろくなかったのだろう。

「コーヒー、ありませんかね」

夜明は左手を、後ろへ差し出した。

「普通の牛乳しかないですね」

池上刑事は夜明の手のうえに、小型の牛乳パックを置いた。

「まあ普通の牛乳でも、眠気覚ましにはなるでしょう」

夜明は、刑事を振り返ってニヤリとした。

「夜明さん、プロのドライバーが居眠り運転ってことは、ないでしょうよ」

丸目警部補が、上体を起こした。

「さあね、大脳皮質がある高等動物は、眠るようにできているんでね。おれも残念ながら、人間っていう高等動物らしい」

生温くなった牛乳を、夜明は喉(のど)へ流し込んだ。

「おやまあ、気の利いたセリフを聞かせてくれますね」

「とんでもない。気の利いたセリフなんて吐かないのが、おれの気の利いているところなんでね」

「いまのそれも、気の利いたセリフじゃないか」

「そんなことより、もっと気の利いた話をしてくれませんかね。たとえば夏木県議に、アリバイがあるのかないのか……」

「夏木潤平氏は、もちろんアリバイを申し立てていますよ。ただ、いまのところ夏木のアリバイは、第三者の立証が困難ということでね」

「八月十五日から十六日にかけて、夏木大先生はどこにいたってことになっているんだね」

「大先生のおっしゃることによると、東京の事務所にいたんだそうだ」

「大先生は東京に、事務所なんて持っていたのか」

「総選挙に出馬するには、東京にも事務所ぐらいは必要だろうと、八月一日からの契約で新宿区南元町のマンションの一室を、借りたということだ」

「南元町となると、赤坂の迎賓館の近くだな」

「電話番の事務員は、来月から雇うことになっていたそうだ。そんなことで、まだ寝泊まりができる程度のマンションの一室、ということだったらしい」

「大先生は上京すると、そのマンションに泊まることにしていたのか」

「高月静香が一緒のときは、ホテルに泊まったんだろうけどね」

「あれは、もっとも七月だったけど、おれのタクシーに乗ったときのお二人さんは、東京プリンセス・ホテルに泊まったからな」

「夏木自身も南元町のマンションに泊まったのは、八月十五日の晩がまだ二度目だったそうだ」

「そうだとすると大先生は高月静香に内緒で、東京にマンションを借りていたってことだろう」

「当然だ。総選挙出馬の準備のために、東京に事務所を借りたなんてことが知れたら、高月静香の怒りを買うことになる」

「夏木は八月十五日に、ひとりで上京したのか」

「うん。それは、確かだっていうことだ。八月十五日の夕方、夏木が東京で某代議士の秘書と食事をしたってことに、間違いはないらしいんでね。そのあとは南元町のマンションへ行き、そこに一泊したってことなんだが、夏木は単独行動をとっている。南元町のマンションに一泊したことを、証明してくれる第三者はひとりもいない」

「それで、翌日の十六日は……」

「午後二時に、文京区に住んでいる友人を訪ねたのは事実だ。友人とは選挙について情勢分析をして、午後六時ごろにお暇(いとま)をしたんだそうだ。その足で東京駅へ向かい、六時四十八分発の〝こだま〟に乗った。この夜は蒲郡に泊まると、高月静香との約束があったわけだ。夏木は豊橋で新幹線を降りて、蒲郡の高月静香宅へタクシーを走らせた。十時ごろ高月宅について、静香の死体を発見した」

「だけど、いちばん肝心な時間となる十五日の夜から十六日の午後までを、夏木大先生はひとりで過ごしたということで、所在不明と変わらないんだろう」

「正確に言うと、十五日の午後七時から十六日の午後二時まで、夏木は東京で誰とも顔を合わしていないってことになる」

「十五日の夜のうちに蒲郡までいって、高月静香を殺害、十六日の午前中に東京へ戻ってくる。十六日の夜になってもう一度、蒲郡の高月宅へ行き、静香の死体の発見者となる。困難は、まったくないね」

「要するに、夏木には立証されるアリバイが、ないってことなんだ」

「夏木を囲んだ雲行きが、だいぶ怪しくなって来ましたね」

「夏木には静香殺しの動機も、ぼんやり見えている」

「口論しているうちに、カッとなってというやつだな」

「アリバイも、確かとはいえない。それに、第一発見者を疑えという捜査の基本からすれば、夏木はますます疑わしいわけだ」

「誰かさんとは、正反対じゃないか」

「誰かさんとは……？」

「最高のレディーですよ」

「千紗姫さまか」

「千紗さんには、完璧なアリバイがある。しかも、千紗さんの高月静香殺しの動機というのが、さっぱりなんだからな。丸さんよ、千紗さんを疑って、夏木大先生を疑わないっていうのは、どう考えたっておかしいんじゃないの」

「うん」

丸目は開いた手帳を、顔の前から動かそうとしなかった。

「丸さんも、千紗姫から夏木大先生へ宗旨変えをするんだな」

夜明は、ニヤリとした。

「お宗旨変えか」

丸目は、溜息をついた。

「捜査本部へ戻ったら、ほんとに夏木大先生からもっともっと、ボロが出ているかもしれないぜ」

夜明は、のど飴を口の中に入れた。

夏木潤平は、事情聴取の初めの段階では静香との深い仲さえ、否定していたと聞いている。高月静香は単なる知人であり、相談に乗ってやったりするだけの間柄ということで、夏木は押し通そうとしたのだ。

ところが、そんなはずはなかろうと追及されると、夏木は前言を翻(ひるがえ)して、一年前から静香と深い仲にあったことを認めた。更に夏木は静香との愛人関係について、細かいことまで語るようになった。

そこでは、二人の仲が必ずしもうまくいっていなかったということも、明らかにされたのだった。総選挙出馬をめぐって、かなり深刻な対立があった。夏木と静香のあいだでは、口論が絶えなかった。

そして、次は夏木のアリバイである。夏木自身は、東京にいたというアリバイを主張しているという。しかし、八月十五日から十六日にかけて、東京新宿区南元町のマンションに泊まっていたという夏木のアリバイは、立証する方法がなかった。

夏木はいまもなお、衆議院選挙に出馬することを諦めていないらしい。スタートラインに立ちはだかる最大の障害だった静香が、消えてなくなってくれたのである。静香の死によって出馬を断念するどころか、夏木はもっけのさいわいという心境でいるのではないか。

邪魔者が消えたことで、夏木は心おきなく出馬の準備を進められる。静香からの二千二百万円の借金も、これで帳消しになったようなものだった。

スキャンダルを暴露されるような心配も、ゼロになった。静香との不倫な関係も、警察はプライベートなことまで公表しないから、世間に知れ渡らずにすむ。夏木にとって、マイナス点にはならない。

動機があって、アリバイがない。そういう夏木潤平こそ、疑惑の対象とすべきである。大町千紗と事件を、結びつけるものは何もない。あと引っかかるとすれば、静香が電話中にメモした『チサ』という文字だけであった。

3

沼津、清水、静岡、焼津をすぎた。

大井川を渡ろうとした地点で、夜明は時間を確認した。時速百キロの走行は、きちんと守られている。午後三時十分すぎであった。東名高速へはいってから丁度、一時間三十分がすぎている。

逗子の大町邸からだと、二時間と十分を費したことになる。

間もなく、吉田インターを通過した。菊川、袋井、浜松と走った。午後三時四十分になろうとするところだった。浜松インターから音羽蒲郡インターまでが、五十キロであった。もう五十キロで、東名高速を出ることになる。

「夏木潤平という県会議員だけど、本業となるといったい何者なんだね」

浜松西インターの標識を、夜明はチラッと見やった。

東から来て浜名湖を目的地とする車は、この浜松西インターの出口へ向かう。

「生まれも育ちも、ぼんぼんってところでしょうね」

黙っている丸目に代わって、珍しく池上刑事が口をきいた。

「父親が、事業家か何かなんですか」

池上が相手なので、夜明は乱暴な言葉遣いを控えた。

「もう故人になりましたが、父親の代までの夏木家は、木製品や木材工業の老舗(しにせ)だったんですよ。名古屋ではまあ、名家のうちだったんでしょうね」

池上刑事は相変わらず、能面のように無表情でいた。

「老舗(しにせ)のぼんぼんね」

夜明の目に、前方の浜名湖の湖畔が映じた。

「長男で、下は妹二人だからどうしても、ぼんぼん育ちになります。苦労知らずで、人間が甘いってやつです。衆議院選挙に出るっていうのも、その甘さが災いしているんじゃないですか」

「なるほどね」

「父親は、貿易会社もやっていたそうです。輸出向けの磁器、七宝焼が専門の貿易会社だったらしいですがね。その影響を受けてか、夏木潤平氏もずっと東京の貿易会社に勤務していたようです」

「貿易会社か」

「東京の大手の貿易会社だったんで、夏木氏も海外勤務を経験しているそうですよ。退職するまでの四年間も、海外に駐在していたとかで、そのせいなんでしょうけど夏木氏はいまでも、柄になく英語がペラペラだって話です」

「へええ、英語がペラペラの県会議員さんねえ」

「父親が亡くなった時点で、夏木工芸所も夏木貿易も営業をやめたそうです。夏木氏が名古屋へ戻って跡を引き継いだのは、夏木木材工業だけじゃないんですか」

「彼が会社を持っているってことは、タクシーに乗ったときの話の中で聞きましたがね。じゃあ、彼は夏木木材工業の社長さんでもあるんだ」

「夏木木材工業は中小企業ですし、社長といっても名目だけですよ。夏木氏は名古屋へ戻って来てすぐに、県会議員の候補に担ぎ出されたら、奇跡的に当選しちゃったってことなんですからね。以来、会社経営は人まかせでしょう」

「だったら、国会議員に出るには選挙資金が不足だっていうのも、無理はないんだ」

「もうひとつ、夏木農園という会社を持っています」

「農園ですか。あまり、小判がザクザクというわけにはいかんな」

「ですけど、夏木農園のほうは意外と、順調にいっているみたいですよ。レタスの栽培が主力なんですが、そのレタスが好評でいつも品切れだという話です」

「代議士出馬とレタスっていうのが、おもしろい取り合わせだ」

「夏木氏の性格分析は、わがままでカッとなりやすい、おっとりしているようで人の悪いところもある、気が小さいくせに図々しい、怖いもの知らずなので常識はずれのことを平気でやってのける。まあ、こういったところですね」

左右に湖がある窓の外へ、池上刑事は視線を走らせた。

「甘ちゃんのぼんぼんには、そういう性格の人間がよくいるわ」

夜明は、うなずきながら笑った。

だが、沈黙した池上刑事は、ニコリともしなかった。

浜名湖を渡ると、間もなく三ヶ日インターであった。あと二十九キロで、東名高速の走行を終わることになる。いよいよ蒲郡が、間近に迫ってくる。これという理由もないのに、緊張しないではいられなかった。

この時間の測定は、千紗のアリバイを決定的なものにする。もともとアリバイは完璧なのだが、いわば実証によって駄目押しをするのだった。

そんな思いがあって、緊張するのだろうか。いや、そうではない。ひたすら走り続けて来て、ゴールが見えたということで気持ちが引き締まるのだ。

目的を遂げようとするときは、誰でも目つきまで真摯（しんし）になる。いまの夜明は、半分商売であることも忘れていた。時間と距離を測りつつ、蒲郡を目ざすことに最高の充実感を覚えている。

豊川インターをすぎた。音羽蒲郡インターまで、残るところ十一キロであった。丸目も姿勢を正して、前方を見据えていた。池上刑事が、時計を気にしている。

あっという間に、十一キロを疾走した。夜明は、スピードを落とした。後続車が次々に追い抜いて、まだまだ先がある東名高速の彼方へ小さくなっていく。

音羽蒲郡インターの出口へ向かうあいだ、車の中が急に静かになる。風圧を感じなくなったことが嘘のようで、何となく疲れたという気分から夜明は息を吐いた。

料金所で、停車する。時間を確認してから、夜明は料金の支払いをすませた。丸目は、時計に目を落としたままでいる。池上刑事が、時間を手帳に書き込んだ。

「四時十二分だな」

丸目が言った。

「二分は、切り捨てだ。そのほうが、計算しやすい」

夜明は、アクセルを踏んだ。

終点は、蒲郡市内の『千代田』である。こんなところで、もたもたしてはいられない。国道一号線との交差点を、横断して直進する。インターチェンジから蒲郡市へ、迂回する道を通らなくてもいいように、直線コースのトンネルができていた。

その代わり、短距離でも有料道路だった。二つのトンネルがあって、その一方はかなり長かった。トンネルを抜けても、まだ市街地は見当たらない。山と田園の風景が広がっていて、温室ミカンの看板が目についた。

「東名高速だけだと、厚木インターから音羽蒲郡インターまで、二時間三十分で来たことになる」

丸目は、サンドイッチや牛乳の容器を、片付け始めていた。

「夜中のトラックの交通量を考えると、スピード違反で引っかかったり、事故を起こしたりの心配なしに走るには、プロのドライバーでもこれで精いっぱいだろうな」

気の緩みを感じて、夜明は大きな身体から力を抜いた。

「頭で計算した時間と、ほとんど変わらなかった」

失望したというよりも、無駄な試走だったことへの虚脱感が、丸目の顔に表われていた。

「それはつまり、想像以上のスピードや、びっくりするほどの短時間で、車は走れないってことなんだよ」

丸目が気の毒になって、夜明はそんな慰め方をした。

道は一路、南下している。国道ではなく、一般道路だった。道に沿って、次第に人家が多くなる。高層建築物がない広い青空が、海に近いことを思わせた。ホテルや旅館の看板が、道案内として増えていた。

案内図の大きな看板で、さっきのトンネルのあった有料道路の名称が、三河湾オレンジロードだということを夜明は知った。長いトンネルが抜けている山のうえで交差して、三河湾スカイラインが走っていることもわかった。

そうした道路名からも、この地は三河湾に面した海の観光地だと察しがつく。夜明にとって、三河湾や蒲郡は初めてであった。だが、見知らぬ土地であろうと、それなりのイメージというものがある。

夜明のそのイメージによると、かつての三河湾には脚光を浴びるような華やかさはなかった。漁港を中心とした鄙（ひな）びた土地柄で、古い歴史の匂いが残っている。

春の海ひねもすのたりのたりかな、の句にあるような悠長でのどけき三河湾の海を、想像させたのであった。大勢の人が押しかけて賑わうせちがらい世界、近代化、若者のギラギラしたマリン・スポーツとは、異質な雰囲気というふうに考えていた。

しかし、現在の三河湾は東海地方随一の観光地で、マリン・スポーツの聖地にもなっている。時代がもたらした変化なのだろう。昭和三十年代に、三河湾国定公園に指定されて以来、徐々に開発が進められたのに違いない。

東の渥美半島、西の知多半島がハサミの先のように湾を抱え込んでいる。その渥美湾と知多湾の総称が、三河湾であった。ホテルや旅館が建ち並び、竹島があり、港湾施設が整っている蒲郡に面した海は、蒲郡湾と呼ばれている。

知多半島の西側は伊勢湾、渥美半島の南側は遠州灘だった。両半島の先端が迫る湾口を抜けると、外洋の太平洋に出る。三河湾の東西の奥は臨海工業地帯になっていて、三河湾と衣浦湾が重要な港湾とされている。

ほかに三河湾内には、小漁港だが良港がいくつも点在していた。湾内と蒲郡・鳥羽間に、フェリーや連絡船が就航している。三河湾の水域の広さは、琵琶湖の約五分の四に相当する。

三河湾には海水浴場もあり、潮干狩にも多くの人が集まる。そして観光と行楽の中心地が、蒲郡市であった。島全体が天然記念物の指定を受けている竹島、グリーンパーク、水族館、花と貝のファンタジー館、こどもの国、ドライブコース、キャンプ場、それに温泉とそろっている。

海沿いには各種の亜熱帯植物が茂り、みごとな松林も見られる。西浦マリーナ、ヨットの練習基地、全国二位という本格的な県営の蒲郡ヨットハーバーなどがある。ホテルや旅館は、どれも高級であった。

蒲郡の市街地自体には、都会という趣がない。やはり、古い伝統と歴史を感じさせる地方の小都市である。人口も九万に達しなければ、市街地の道路が混雑しないのは当然だった。

蒲郡には停車しない新幹線の高架の下を抜けると、一・五キロほどで東海道本線にぶつかる。蒲郡駅のすぐ近くを通って南へ走ると、海岸沿いの国道二三号線に出る。これから先は、丸目の指示に従わなければならなかった。

国道二三号線は、右折であった。蒲郡湾の海を左手に見て、西へ向かうことになる。蒲郡市の旧市街地から遠ざかり、競艇場や埋立地がある一帯をすぎる。

形原町にはいった。形原町は昭和三十七年に、蒲郡市と合併した。いまは蒲郡市形原町で、十三の地区名が含まれているという。電柱の看板に夜明も、『千代田』の文字を認めた。

「北へ二キロとちょっとのところに、形原温泉がある。三河では最古の温泉で、それだけに歴史の古い情緒というものを、たっぷり味わえる。南には潮干狩で知られる形原海岸と、形原城趾があってね」

丸目が、そう説明した。

名鉄蒲郡線の形原駅の東に、料亭『千代田』は位置していた。城下町に残っていそうな古い商家と、新しい建築物をつなぎ合わせたような造りだった。決して、田舎の料理屋という印象ではない。

古いということの稀少価値に加えて、粋で豪華で凝っている建物のよさがあった。やたらに大きくはないが、立派な料亭である。庭の手入れも行き届いているようだし、海を背景にした眺めに溶け込んでいた。

当然のことだが、窓は残らず締めきってあった。建物を囲んでいる塀が、人の近づくのを拒んでいるようである。門まで閉じてあって、生活と人間の気配が感じられなかった。ひっそりと、静まり返っている。

「その道にはいって、裏へ回ってもらいましょう」

丸目が、塀に沿って右へ折れる道を、指さした。

ここでは、海岸と反対の方角が、裏とされるのだ。狭い道を抜けて、裏通りを左に曲がる。『千代田』の裏側へ、出たことになる。扉がなくて塀が途切れているところから、砂利を敷き詰めた駐車場へ、夜明は孫悟空マークの車を乗り入れた。

『千代田・専用駐車場』という立札が残っているが、なるほどまだ砂利は地面の一部になっていなかった。駐車場として、あまり使われていない証拠である。

空地と変わらない駐車場の一隅に、唐楓の木が大きな緑の茂みを作っている。その木蔭の奥に、玄関のドアが見えていた。高月静香の家の玄関であり、木の葉の影が揺れているのも陰気な感じであった。

事件後、一週間がすぎているので、いまだに制服警官がいるということはなかった。玄関を囲んで半円形に、立入禁止のロープがそのままになっているが、人影はどこにもない。終点である。

夜明は、玄関の前で車を停めた。

「四時五十分だ」

夜明は、丸目を振り返った。

「うん」

丸目は、池上の時計を覗いた。

「四時五十分です」

池上刑事が、うなずいた。

「逗子の大町邸からこの玄関前まで、所要時間は三時間と五十分だ。この線に、間違いないだろう」

両腕を開いて、丸目は肩をすくめた。

「前後の差があっても、十分ってところだな。所要時間は、三時間四十分から四時間までのあいだってことで、決まりだよ」

夜明は、運転席のドアをあけた。

三時間四十分で走ったとしても、往復では七時間二十分となる。それに犯行に要する時間を、十分間だけ加えても七時間三十分であった。千紗が大町邸を、七時間三十分も留守にすることは、絶対に不可能なのである。

推定や推量ではなく、実測によって千紗のアリバイが改めて証明されたのだ。

「大町千紗はシロであると、認めるほかはないか」

車内へ流れ込む暑気のせいもあって、丸目警部補はうんざりしたように顔をしかめた。

4

いまさら犯行現場を、見物したところで仕方がない。犯人の侵入路も死体の位置も、話に聞いてよくわかっている。殺人現場を見慣れている夜明だから、一週間前の犯行跡などには興味も湧かない。

玄関のドアには鍵がかかっているそうだし、直ちに引き返すことにした。今日の仕事は、逗子の大町邸から蒲郡の高月家の玄関前まで、車でどれだけの時間がかかるかを、実測することであった。

その目的を果たして、はっきりした結果も出た。もう『千代田』には、用がなかった。あとは蒲郡市の緑町というところにある蒲郡署へ、丸目と池上を送り届けてタクシー料金を受け取り、夜明ひとり東京に帰ることだった。

『千代田』の駐車場をあとにして、蒲郡市の中心部へ向かった。五キロばかり、海岸線のった。

道路を走らなければならない。午後五時をすぎていたが、まだ夕方にもほど遠い明るさだ

「夏木潤平の存在が、重みを増すことになるな」

丸目が忙しい手つきで、タバコに火を点じた。

「ただ、これ以上のボロは出さないとなると、かなり難しいだろう」

夜明は喉の渇きに、冷たいビールが飲みたいと思った。

「動機はある。アリバイはないというだけで、裏付けが取れるって状況にはないからね。何かボロを、出してもらわんと……」

丸目のつまらなそうな顔のなかで、ようやく目が鋭く光るようになっていた。

「事件当夜、レタス大先生を蒲郡で見かけたなんていう目撃者が現われれば、一挙に切り崩せるんだがな」

夜明は残っていないと承知のうえで、牛乳のパックのストローを吸った。

「ついに、レタス大先生にされてしまったか」

丸目は、苦笑した。

その瞬間に、奇妙なことが夜明の頭に浮かんだ。今年の春ごろだったか、地方の大学の農学部の学生だという三人連れを、客としてタクシーに乗せたことがある。

そこで学生たちから聞いた話が、何の脈絡もなく記憶に蘇ったのだ。いや、レタスの話

だったのだから、関連は大いにあった。それをいまになって夜明は、急に思い出したというべきだろう。

「待ってくれよ、丸さん」

夜明は牛乳のパックを、助手席へぽいと投げ捨てた。

「どうかしましたか」

丸目の禿げ上がった額に、タバコの薄い煙りがまつわり付いていた。

「こいつは、えらいことだぞ」

張り上げた夜明の低音が、いっそう悪声となって苦しそうに聞こえた。

「何です、夜明さん」

「レタスだ」

「レタス……？」

「ああ」

「レタスが、どうなんだ」

「農学部の学生っていうのから、聞いた話なんだがね。レタスっていうのは、西洋野菜だろう」

「うん」

「だけど、日本へも古い時代、一千年ぐらい前に渡来したんだそうだ」

「一千年も前にか」

「そうなれば当然、レタスの和名っていうのがなければならないだろう」

「まあ、そうだな」

「知っているか」

「レタスの和名なんて、聞いたことがないね」

「おれもそうだったんだが、学生たちによると知っている人は決して少なくない、わかっている人はかなり多いそうだ」

「和名は、どういうんだね」

「古くは、知るという字に佐藤の佐を書いたらしい」

「知るに佐と書いて、何と読むんだ」

「チサだよ」

「チサ……」

「いまは、難しい字を書くそうだ。知るに佐藤の佐というのは借字、当て字だろうからな」

「難しい字とは……？」

「ええと、チはクサカンムリに過ぎるという字のシンニュウを取ったやつって、教えられたな。わかるかい」

「サは、クサカンムリに巨人の巨を、書くんだそうだ」

「萵苣か」

「そいつを、チサまたはチシャと読む。普通は片仮名でチサと書いて、読み方ももちろんチサって話だった」

「レタスのことを、チサっていうのか」

「レタスを栽培している専門家たちは、チサっていう呼び方もするんじゃないのか。少なくとも、チサがレタスだってことは、知っているだろう」

「大町千紗のチサに、レタスのチサか」

「どうだ、丸さん。こいつは、えらいことだって思わんか」

「思うね。千紗さんのチサと、レタスのチサの一致は、無視できないよ。ほかに、チサという言葉がないとしたら、なおさらってことだろう」

「チサという名詞は、ほかにないんじゃないのか」

「思い浮かばんな」

「夏木潤平は、レタスを栽培している農園の経営者だ。レタスをチサっていうことも知っていただろうし、チサを言葉として使うんじゃないのかね」

「あり得るよ」


「まあね」

「八月十五日の夜、夏木潤平は高月静香に電話した。これから、そっちへ向かうという電話だ。そのとき夏木は、レタス栽培について何か話した。夏木はレタスの意味で、チサということを口にした」

「高月静香は、チサを知らなかった。そうだとすると、静香はレタスのことをチサというのかって、珍しい発見に興味を覚えるから、電話のそばにあったメモにチサと書き込んだ」

「あり得ることだろう」

「うん、大いに……」

「そのチサを、人名と決め込んだ捜査員がいた。たまたま静香の旧友のひとりに、大町千紗さんがいた。チサとは大町千紗のことだと、鬼の首でも取ったように有頂天になった。それで丸さんも、千紗さんを本ボシじゃないかと疑った」

「有頂天になったっていうのは、ひどい言い方じゃないかねえ。自慢じゃないが、おれは常に冷静だよ」

「しかし、静香が書いたチサとはレタスのことだったかもしれないって、これは事実だろうぜ」

「それは、認める」

「もし、チサがレタスだったとしたら、犯行前にかかった電話の相手は大町千紗じゃない。

むしろ、夏木潤平だったという可能性、大だろうよ」

「さっそく、その点を調べてみる必要がありそうだ」

「丸さん、こいつはだいぶ匂うね」

「被害者の愛人、県会議員、レタス大先生か」

丸目はまるい顔を、両手で包むようにした。

「夏木潤平のアリバイ崩し、これしかないようだ」

夜明は、ブレーキを踏んだ。

右手の広場と周辺の道路に、屯（たむ）ろする人の姿が多くなっていた。青年から壮年の男が中心だが、それに女や少年も加わっている。真っ黒に日焼けした半裸が、景色全体の色合いになっているようだった。

人が集まっている一帯は、大きなヨットハーバーである。ヨットハウスの向こうに、ヨットの帆柱が林立している。各種の国際競技も催される、という県営の蒲郡ヨットハーバーに違いない。

市街地へはいる地点を行きすぎているとは、土地不案内の夜明にも見当がついた。それで、車を停めたのだ。夜明は強引に、車の方向を転換した。

海岸の反対側には、松林に覆われた丘陵があって、その頂上に城のような建物が見えている。案内図によると、それは蒲郡プリンスホテルであった。

海上にはまだ、ヨットの帆が散在している。日は高いし陽光も輝きを失っていないが、白昼の酷暑は遠のいた観がある。どことなく、夏の日中の色彩の鮮烈さが、薄らいだように感じられる。

しばらくして今日は日暮れるだろうし、間もなく夏の終わりでもあった。

池上刑事の注文どおりに走って、市街地の西寄りにある蒲郡署についた。池上刑事がトランクから、二人分の荷物を取り出した。丸目警部補が夜明に、タクシー料金と高速料金を支払った。

チップは、くれなかった。失礼になると、遠慮したのだろう。だが、これで売り上げは十分だし、夜明なりに楽しみもした。大町千紗はシロと証明された満足感もあって、夜明は機嫌よく領収証を書いて渡した。

「どうも、ご苦労さん」

丸目警部補は、敬礼の手つきをした。

「丸目の旦那、吉報を待ってますぜ」

のど飴を口の中へ入れて、夜明日出夫はニヤリとした。

二人の刑事を蒲郡署の前に取り残して、孫悟空マークのタクシーは走り去った。

東京ではこれまでどおりの生活が、夜明日出夫を待っていた。ムチウチ症など忘れてしまったように、夜明日出夫はよく働いた。午前八時出庫、翌朝六時に帰庫、二十四時間の休みを取ってまた午前八時の出庫、という勤務が続いていた。

毎日、心待ちにしている丸目からの連絡も、関係ないというように途絶えている。ニュースで、報じられる情報もなかった。凶悪事件は、次々に発生する。蒲郡市での殺人事件など、もう世間は忘れていることだろう。

夜明も家に帰ってすぐに、丸目から電話がなかったかと、母親に訊くことが少なくなった。心待ちにしなくなったのだ。それは夜明の記憶に、事件が居すわらなくなったことを意味する。

たまに、レタス大先生はどうなったのかと、それが義務みたいに思い出す。そのたびに刑事でなくなって歳月がすぎた、いまはタクシー乗務員として忙しい、という現実を夜明は自覚した。

しかし、意外な情報は天災と同じで、忘れたころにもたらされるものだった。九月二日になって、夜明は丸目警部補の声を聞いた。前日は非番の休みで眠ってばかりいたが、高月静香殺しもどうやら迷宮入りだなと、夜明はチラッと考えたりした。

あるいは、それが一種の予感だったのかもしれない。翌朝六時に起きたとたんに、電話が鳴った。こんな朝っぱらから、かかってくるのは間違い電話に決まっていると、舌打ちをしながら夜明が出た。

「ああ、本人がいてくれてよかった」

男の声が、いきなりそう言った。

「丸さんか」

　夜明はその場に、尻餅をついていた。

「今日は日曜日だから、家にいるんじゃないかと思ってね」

「日曜日だろうと、おれはこれから勤務でしてね」

「そういうこともあろうかと、朝とっぱやく電話したんだ」

「すまんね、丸さんにまで早起きさせて……」

「いや、おれはもう捜査本部にいるよ。七時から、捜査会議だ」

「早朝からの捜査会議となると、新しい展開があったんだ」

「おかげさまでね」

「あれはもう、迷宮（オミヤ）入りだろうと踏んでいたよ」

「ご冗談でしょう。愛知の警察（サツ）に、不可能の文字はないんだ」

「大きく出てくれたが、いったい何があったんです」

「目撃者だ。八月十五日の夜十一時ごろ、形原温泉で夏木潤平らしい男を見かけたという目撃者が現われた。現われたっていうより、執拗な聞き込み捜査の成果があったんだがね」

「八月十五日の夜十一時ってことだと、犯行四時間前だな」

「目撃者が見つかれば何とかなる、という夜明さんの期待どおりになった」

「あたしゃ別に、期待してなんていませんでしたよ」

「とにかく、東京の事務所として借りたマンションに泊まっていたというのは、嘘っぱちだったことがはっきりした」

「嘘をついたっていうのは、レタス大先生、只事じゃありませんよ」

「夏木潤平は、アリバイを偽装した。その偽装が、崩れたってことだ」

「それで、レタス大先生に間違いないって、確認が取れるところまでいったのかね」

「昨夜、それが取れたんだ。形原温泉の木村館に、それらしい客が泊まったってことを突きとめたんでね。夏木潤平の顔写真を木村館の従業員に見せて、この人だったという確認をもらえたよ」

「レタス大先生は、その旅館に一泊したんだな」

「八月十五日の夜十一時にご到着、一泊して十六日の朝八時に、タクシーを呼んで木村館を出ている。本名は隠して、中村一郎という偽名を使っていた」

「県会議員だからね、本名を名乗ったらバレる恐れがある。だけど、中村一郎って偽名は月並みだ。いっそのこと、レタス大先生という偽名にすればいいのにな」

「次に問題になるのは、夜中に旅館を抜け出すことができたかどうかだろう」

「形原温泉の木村館から『千代田』までは、どのくらいあるんだ」

「道はほとんど直線コースだが、二・五キロはあるだろう」

「往復で五キロ、急いで歩いても一時間はかかる。まあ一時間半は人知れず、木村館を抜け出していなければならない。真夜中には違いないんだけど、出入りが可能だったのかどうかがポイントだな」

「それが、まったく不可能だってことには、ならないんだよ」

「不可能の文字はない、愛知県の警察と同じってことだ」

「今日もまた夏木潤平に、事情聴取に応じてもらわなあかん」

「さて、レタス大先生がただの参考人でいるか、それとも重要参考人になるか、いよいよ大詰めですね」

「今日もこれから、詰めを急がなければならない」

丸目の声には、響くような張りが感じられた。

大町千紗を追っていたときのような迷いが、丸目にはまったくなくなっている。意気込みが、違っていた。犯人の輪郭を見極めて、それにすべてを賭けた刑事の熱っぽさが、夜明にも伝わってくる。

「吉報を、期待したいね」

刑事のよき理解者として、夜明は心を込めた言葉を口にした。

5

この日、夜明日出夫のほうから蒲郡署の捜査本部へ、電話を入れることになった。夏木潤平からの事情聴取に、どの程度の成果があっただろうかと、一日中気になって仕方がなかったのだ。

レタス大先生が容疑者になろうとなるまいと、夜明の知ったことではない。だが、夏木潤平の容疑が決定的となれば、わが大町千紗は純白のシロだったことが確認される。夜明自身も、解放感を味わえる。そういう意味で、夜明は早く情報を欲しがったのである。

夜の八時に、中央区の築地で客を降ろした。

夜の八時は、休息を兼ねた夕食の時間であった。おまけに、月島は目と鼻の先だった。月島には、タクシーの運転手の溜まり場になっている食堂が、七、八軒並んでいた。築地で客を降ろした夕食どきに、月島に寄らないほうがどうかしている。

夜明は、月島の日ノ出食堂へ車を走らせた。名前の日出夫と一致するからと親しみを覚えて、夜明は特に日ノ出食堂を贔屓にしていた。

日ノ出食堂は、年中無休であった。日曜日だろうと、タクシーの運転手にとってなくてはならない店なのだ。月島の食堂は築地が近いので、食べ物の材料が安くて新鮮である。それも、人気のひとつになっていた。

駐車場は、タクシーで埋まっている。夜の八時となると、食堂はラッシュ時だった。食後のコーヒーをすすりながら、一時間は身体を休めることになる。それで、混雑もピークに達する。

知っている顔と挨拶を交わすのに忙しく、なかなか席につけなかった。夜明の立派な体格に、店内の視線が集まった。そんなときにふと夜明は、丸目平八郎に電話してみようと思いついたのである。

持っているテレホンカードの全部を用意して、夜明は店内の公衆電話の前に立った。丸目から直通電話の番号を、教えてもらっている。一回だけのコールで、丸目警部補の声が出た。

「レタス大先生、どうでしたかね」

夜明は最初から、結論を知りたがった。

「ああ、日曜日だっていうのにご苦労を願って、今日の午後からついさっきまで、みっちり事情聴取に応じていただきましたよ。レタス大先生にお引取りを願ったのは、十五分ぐらい前だろう」

収穫が大きかったのを物語るように、丸目警部補の口調は落ち着き払っていた。

「帰宅を許したってことは、あまり煮詰まってないんだな」

余計なことだと言われそうだが、夜明はもどかしさを感じていた。

「逮捕には、ほど遠いよ」

言葉とは裏腹に、丸目は自信をほのめかして苦笑した。

「つまり、自供にもほど遠いってことなんだろう」

「物的証拠もゼロだ。状況証拠は、十分なんだけどね」

「じゃあ、心証はクロか」

「捜査本部の大方の意見としては、限りなくクロに近いということだ」

「そうか」

「犯行については、全面否定ってところだね」

「しかし、アリバイの嘘は、認めたんだろう」

「虚偽のアリバイを申し立てたと、大先生は平謝りだったよ。第一に高月静香との関係を世間に知られたくなかった。第二に容疑者扱いされるのを恐れた。そのために、嘘をついたんだそうだ」

「実際には、どういうことだったんだ」

夜明は、手を挙げている運転手に、笑顔で応えた。

「大先生の話を聞いたところでは、いちおう筋が通っているんだよ」

丸目警部補は、簡潔な説明を始めた。

それによると、お盆休みには静香ひとりだけで時間もたっぷりあるから、『千代田』の私宅で話し合いをしようと前もって決まっていたのだという。話し合いとは、夏木潤平の衆議院選挙出馬に関して、最終的な結論を出そうということである。

八月十五日に、夏木潤平は上京した。夏木の親分とされている愛知県選出の大物代議士に、会うためであった。だが、大物代議士は時間が取れないということで、代わりに秘書のひとりと食事をした。

その秘書は大物代議士の意向として、選挙資金のメドさえつけば見通しは明るいと、夏木潤平に伝えた。夏木は有頂天になって、その場で百パーセント出馬を決意した。

そうなると夏木としては真っ先に、報告したうえで静香の説得にかからなければならない。今夜にでも、静香と会ったほうがいい。もともと今日か明日に『千代田』を訪れて、静香とゆっくり話し合うことになっていたのだ。

いまから、蒲郡へ向かおう。代議士の秘書と別れたあと、夏木は東京駅へ直行した。二十時十二分発の新幹線に乗った。豊橋にも停車する名古屋行き、ひかり一七三号であった。

豊橋着が二十一時五十九分で、夏木は駅前からタクシーに乗った。『千代田』についたのは、十時四十分だった。ところが、静香は夏木を歓迎しなかった。夏木を見て、静香は困った顔をした。

「これから、お客がくることになっているのよ。時間も遅いことだし、ここに泊まっていくわ。あなたが泊まっていたら、まずいことになるでしょ。今夜は形原温泉にでも泊まって、明日の晩あたり出直していただきたいわね」

静香はこのように、夏木が長居をすることを断わった。

そういう事情ではやむを得ないと、夏木は電話だけを借りることにした。明日の午後二時に、東京の友人宅を訪れることになっている。いまから名古屋の自宅へ帰るのも面倒だし、夏木は形原温泉に一泊することを決めた。

夏木は電話を借りて、形原温泉の木村館に宿泊の交渉をした。木村館は収容人員四十名の和風旅館だが、満室の状態だったのでいい返事はできなかった。

だが、近くまで来てしまっているのだからと泣きつかれて、木村館では使用していない離れ家をあけることにした。豊橋から乗って来たタクシーは帰したので、地元のタクシーを呼ばなければならなかった。

間もなく、タクシーが来た。それに乗って夏木は形原温泉へ行き、木村館に中村一郎の偽名で泊まった。その時間が、十一時であった。

捜査員の聞き込みに応じて、夏木らしい男を見かけたと名乗りを上げた目撃者とは、土地のタクシーの運転手だったのである。その運転手はもちろん夏木を、『千代田』から木村館まで乗せたことも証言した。

木村館の離れ家へ案内された夏木は、すぐに静香のところへ電話をかけた。大物代議士の意向だけでも、早く静香の耳に入れておきたいと思ったからだった。

「そんな甘い話に乗せられて、いい気になっているんだものねえ。まとまった選挙資金なんて、あなたに作れるはずがないじゃないの。中途半端な資金ができたって、公認をもらうための工作費とか何とか言って、親分に吸い取られるのが関の山よ」

「木材工業とチサの農園を売り払っても、金は何とかするつもりだ」

「チサ……？」

「レタスだよ」

「会社も農園も売るなんて、あなた重症の病人ね。そんな病人の相談に乗るのは、とてもじゃないけど御免だわ」

「まあ、待ってくれ」

「馬鹿に付ける薬はないんだし、わたしもうあなたとは縁を切ります」

初めから相手にもなってくれない静香との電話は、そんなことで終わった。いまいましさに、夏木はビールをガブ飲みして眠った。翌朝七時に起きた夏木は、朝食後にタクシーを呼んだ。

八時に木村館を出て、タクシーを豊橋へ走らせた。九時十八分発の『こだま』に乗り、十一時四十四分に東京についた。昼食をすませてから、文京区の友人宅を訪問した。

今夜こそ徹夜してでも、腹を据えて静香と話し合おうと、夏木は必死の思いでいた。それで午後六時に友人宅を辞したその足で、夏木は再び蒲郡へトンボ返りしたのである。しかし、『千代田』の住まいで夏木を待っていたのは、高月静香の惨殺死体であった。

「まあ、夏木の話はこういうことなんだ。弁解としては、辻褄が合っているがね」

丸目警部補の唇の動きが、タバコを銜えていることを知らせていた。

「やっぱり、チサっていう言葉は、大先生から高月静香に伝えられたんだな」

夜明は、食堂の従業員が彼の席へ、定食を運んでいくのを目で追った。

「高月静香は、チサとは何かと聞き返しているし、そのときメモ用紙にチサと書いたという可能性も、かなり大きくなったわけだ。千紗姫のチサでは、ないのかもしれない」

ヘビースモーカーであることを、電話でもわからせるように、丸目警部補が紫煙を吐き出す息を聞かせた。

「木村館の離れに泊まったとなると、夜中に抜け出すことも難しくはないんじゃないのか」

夜明は、今夜の定食が一汁三菜であることを、遠目に確かめた。

「使われていない離れは裏庭にあって、門までは距離があるが、目の前の塀を乗り越えれば簡単に道路へ出られる」

「だったら、問題はない。午前二時ごろに木村館を抜け出して、歩いて『千代田』まで行く。帰りも徒歩で午前四時ごろに、木村館の離れに戻ってくる。それに気づく人間は、ひとりもいないってことになるんじゃないのか」

「夏木は木村館から高月静香に電話して、ひどい言葉で罵倒されたり、クソミソに言われたりしたらしいからな。腹に据えかねたってことも、考えられる」

「ビールを飲んでいるうちに、もう一度あいつのところへ乗り込んでやろうって気になった」

「乗り込んでいったはいいが、もっとひどい調子で馬鹿扱いされて、夏木は逆上したってことか」

「丸さん、レタス大先生は本物かもしれんよ」

「事情聴取のときの態度、目つきにも何か引っかかるものがあった。あるものに憑かれたような目というか、心ここにあらずという異常さを感じたよ」

「ホンボシだ」

「物証さえ、出ればなあ」

「明日も、事情聴取を続けるんだろう」

「いや、明日は大事な用があるからって、拒否されたよ」

「いいのかい」

「任意なんだから、どうしようもないだろう」

「逃げたんだとしたら、それで決まりなんだがな」

「先が見えて来たことには、間違いないと思う」

「そう聞いて、おれもホッとしたよ。じゃあ、これで……」

夜明の胃袋は、縮むような痛みを覚えるくらいに、食べ物を欲していた。

「今度こそ、吉報を待ってくれ」

丸目は、電話を切った。

気持ちのいい夜になった。胸の中に澱むものがなくて、風通しがよかった。そうなると、自然に張り切るので疲れることもない。しかも、そんな気分でいるときは、客にも不自由しないから奇妙である。

日曜日だというのに、空車で走る時間がほとんどなかった。客を降ろすと、その近くに不思議と次の客がいて乗りこんでくる。千葉県の松戸、埼玉県の所沢、神奈川県の相模大野と長距離の客が続く。都心に戻ってくると、また客に出くわすという具合だった。

九月三日の明け方になって、酔っぱらった若い女二人を、川崎まで乗せたのが最後であった。ようやく仕事から解放されて、夜明は明るくなった目黒営業所に帰庫した。

午前六時になっていた。

売り上げも、六万円を超えている。日曜日としては、破格の売り上げ高である。入金と日報の提出を終えて雑談、それから洗車ということになる。営業所を出たときには、もう七時を回っていた。

月曜日の朝の活気を感じながら、夜明は目黒本町の家まで歩いて帰る。起きている母親と入れ替わりに、夜明は真っ暗にしてある階下の部屋で眠る。

昼食は抜きで、寝続ける。この日は、夜の七時に起こされた。母親と二人で、食卓に向かう。一本だけのビールの効き目で、食後間もなく再び眠くなる。夜明は横になって、たちまち夢の世界へ誘われる。

電話で、叩き起こされた。

十二時であった。

今度こそ吉報を待て、という丸目の言葉が夜明の頭の中に蘇る。いや、今日の事情聴取は夏木潤平に拒否されたそうだから、捜査に進展があったとは思えない。それとも何か有力な物証でも出たのかと、夜明は電話機を枕元に引き寄せた。

「いてくれたか」

やはり、丸目であった。

「どうした」

夜明は、丸目の深刻な声の響きに、緊張していた。

「夏木が死んだ」

丸目は、唸り声を溜息にした。

「何だと！」

大声を出して、夜明は起き上がった。

「東京のマンションのベランダから、飛び降りたんだそうだ。時間は約二時間前、所轄の四谷署から名古屋の自宅へ急報があって、奥さんが捜査本部に連絡して来た。本部に常駐しているおれが、真っ先にその知らせを聞いたってわけだ。おれは明日の始発で、東京へ行く。自殺ということなんで、当面は四谷署の事情説明を聞くしかないだろう」

丸目は言葉に、切れ目を作らなかった。

「飛び降り自殺か」

夜明はぼんやりと、スタンドの豆電球を見守った。

「都合がつくようなら明日の正午に、四谷署へタクシーを回してもらえんかね」

丸目の声とともに、ライターの点火の音が聞こえた。

「行くに、決まっているだろう」

夢なら目を覚ませと、夜明はピシャリと頬を引っぱたいた。

6

九月四日の正午——。

四谷の左門町にある四谷警察署の前に、孫悟空タクシーは停まった。通行人の中には、孫悟空マークへ笑顔を向ける男女が少なくなかった。子どもに人気があるうえに、絶対に乗車拒否をしないと評判の孫悟空タクシーには、誰もが好意的なのだ。

しかし、そんなことはどうでもいいというのが、いまの夜明日出夫の心境であった。急に生き甲斐を奪われたように、胸のうちにポッカリと穴があいている。

コースを見失ったマラソン選手みたいなもので、何か騙されたようで釈然としなかった。事件の重要参考人として追いつめた人間が、あと一歩というところで、ふっとこの世から消えてしまう。

読んでいる本の何ページかが、途中で飛んでいるようで、悔しさと失望にとても落ち着いてはいられない。重要参考人が追いつめられて自殺するというのは、夜明も刑事時代に経験している。

そのときほど、この世はままならぬものだと、痛感したことはない。不可抗力ということで、ドラマは一方的に打ち切られる。事件は解決して、未解決なのである。捜査は、未完の完結となる。

知っている顔が、近づいて来た。蒲郡署の池上刑事であった。相変わらず無表情な若造だが、それがいまは浮かない面持ちに見える。池上刑事にしても、気落ちぐらいはするだろう。

「旦那、ご苦労さん」

運転席の窓をあけて、夜明は声をかけた。

「どうも……」

池上刑事は、ニコリともしなかった。

「残念なことになったね。だけどまあ、がっかりしなさんな」

夜明は、坊主頭を撫で回した。

「別に、がっかりなんてしていませんよ。何事も、すべて成り行きですからね」

池上刑事は、空を振り仰いだ。

「ああ、そうですか」

まったく可愛くないベイビーだと、夜明はさっさと運転席の窓をしめた。

丸目警部補が、姿を現わした。さすがに、丸目は顔色が悪かった。悠然とした歩き方も肩が振れて、不貞腐(ふてくさ)れたような足の運びになっている。

夜明と目が合うと、丸目は小さくうなずいた。無言で、タクシーに乗り込んでくる。池上刑事が、それに従った。夜明は、車を発進させた。行く先は、確かめなくてもわかっている。

「ご苦労さんといっても、むなしい苦労だね」

夜明は、サングラスをかけた。

「まったくだ」

丸目の童顔が、病み上がりのように老け込んでいた。

「いちばん、いやな肩すかしさ」

「腹の立つ拍子抜けだ」

「それで、遺書はあったのかい」

「見つかってない」

「だけど、自殺の扱いか」

「過ってベランダから落ちるってことは、まず考えられない。過失事故ではないとすると、自殺しかあり得ない」

「自殺の原因は、何なんだ」

「殺しだろうな。高月静香を殺害したうえに、参考人として不利な立場へ追い込まれていく。愛人を殺した良心の呵責と、容疑が立証される恐怖感の両方に、耐えきれなくなったということだ」

「四谷署は、自殺として処理するのかな」

「夏木は殺人事件の重要参考人として、事情聴取を受けていたっていうおれの話で、四谷署はむしろ自殺って見方を強めたんじゃないか」

「立派な自殺の原因になるからな」

「何しろ、県会議員なんでね。殺人容疑で逮捕されるよりは、愛人のあとを追って死んだほうがマシだと、そういう考え方をするかもしれない」

「夢と野望は一人前以上でも所詮はぼんぼん、したたかに生き延びようとする図太さには欠けていたか」

「夏木は高月静香の死後、かなり深刻に悩んでいたようだしな」

「誰から聞いた話だ」

「夏木夫人からだよ」

「大先生の奥さんも、四谷署に来ていたのか」

「うん。四谷署で夫人から事情を聴くのに、おれも立ち会わせてもらった」

「遺書があれば、何もかもすっきりするんだがな」

「名誉を重んじて自殺するんだったら、自分は人を殺したなんて遺書は残さないだろうよ」

「まあね」

夜明は、のど飴をしゃぶった。

外苑東通りを直進して、信濃町の駅前を通過した。目の前の権田原で左折すれば、すぐに左側が南元町となる。丸目の話の肝心な部分を聞くために、夜明はゆっくりと車を走らせた。

「昨日、事情聴取に強引にでも引っ張り出しておけば、こんなことにはならなかったろうに……」

丸目の口は、歯嚙みでもしそうに歪められていた。

昨日の事情聴取は、夏木のほうがきっぱりと拒否したのであった。重大な用事があるというのが、その理由だった。丸目も含めて捜査本部では、県会議員の任務というふうに解釈した。

当然、名古屋にいるものと決めてかかったし、東京へ行くなどとは考えてもみなかった。いまになって思うと、重大な用事とは自殺を図ることだったのだろうか。

昨日の夏木潤平は、午前中を名古屋市の自宅で過ごしている。夏木は書斎に引きこもり、何やら考え込んでいるようだったと、彼の妻の話にあった。

昼食のときに、夏木は初めて上京することを妻に告げた。夏木は口数が少なく、笑うことを忘れていた。苦悩しているようであり、只事ではなさそうだと夏木の妻にも悪い予感があった。

「ぼくは、一生で最大の危機を迎えている。善とか悪とか、罪を犯すとか犯さないとか、そんなことを考える余地もない。ぼくの覚悟と決断によって、最後の結論が出ることになる」

夏木はこう言って、食事の席を立った。

これを今日の夏木夫人は、遺書代わりの遺言だったような気がすると、指摘したのである。昨日のうちに妻は夫に、事情を問い質すべきであったろう。

だが、夏木の妻は夫に対して、差し出がましい口はいっさいきかない、という性格だったのだ。そうした冷ややかな長年の習慣に従って、妻は今回も黙って夫を送り出すことになった。

夏木は十四時二十二分発の新幹線で、二度と帰らない名古屋をあとにした。東京着は十六時二十分だが、その後の夏木の行動はいまのところはっきりしていない。

しかし、南元町のマンション・オリジンの六〇三号室には、何時間か人がいたという生活の匂いが残っていた。2LKの各室には、もちろん点灯されていた。リビングだが、冷房は消されてなかった。テーブルのうえにはウイスキーのボトル、ポット、コップが置いてあった。ウイスキーは、ボトル三分の一が残っていた。ポットの中身は、熱い湯だった。

屑入れに、駅弁の容器が投げ込まれていた。新幹線の車内販売で売られた幕内弁当で、製造の日付は昨日の午前十時であった。夏木はその幕内弁当を新幹線の中で買い求め、マンションで夕食代わりに食べたものと思われる。

ウイスキーも、夏木が飲んだのである。おそらく、お湯割りにして飲んだのだろう。マンションの部屋には、まだ冷蔵庫も備わっていなかったのだ。

九月から電話番の女の子を、事務所に置くという話だったが、それもまた実現されてはいなかった。多分、高月静香の事件でそれどころではなくなり、夏木の予定は何もかも遅延する結果となったのだろう。

マンション・オリジンの六〇三号室に出入りする人間となると、結局は夏木自身だけであったのに違いない。そのマンション・オリジンの部屋へ、夏木は東京駅から直行したと考えていいのかもしれない。

部屋について、夏木は上着を脱いだ。湯を沸かし、コップを持ち出してウイスキーを飲み始めた。それが、午後五時半ごろと推定される。途中で幕内弁当を食べたが、なおもウイスキーのお湯割りを飲み続けた。

夏木は、酔っぱらった。夏木の飛び降りの発見者も救急隊員も、アルコール臭が異常に強かったと言っている。夏木は泥酔状態にあって、衝動的に飛び降り自殺を敢行したのではないか。

ウイスキーも新しいボトルであって、その三分の二を飲んだとすれば、かなり酔っていたことになる。夏木は死ぬ勇気をアルコールに求めて、泥酔した勢いで自殺を図ったという言い方もできる。

「即死だったのかね」

夜明は訊いた。

「いや、死亡したのは病院につく直前、救急車の中でということだった」

銜えタバコから、丸目は灰を散らした。

「六階から飛び降りて、即死じゃなかったのか」

「車の屋根のうえに墜落して、それから地面に叩きつけられた。それで即死を免れたんだろうが、まあ全身打撲で助かる見込みはなかったんだから、同じようなものじゃないのか」

「六〇三号室っていうのは、完全な密室だったのかい」

「密室とは、言えんな。部屋のドアは、ホテルの客室と同じ自動ロックになっている。誰かが部屋を出ていっても、ドアはロックされるんでね」

「だったら、大先生ひとりだけが部屋にいたとは、断定できませんね」

「他殺にしたいのかい、夜明さんは……」

「無理に、そうしたいってんじゃありませんよ。ただほかにも誰かいたんじゃないのって、疑ってみたくなる習性みたいなものがありましてね」

「誰がどうして、夏木潤平氏を殺すっていうんです。殺人には、動機が付きもの。殺されなければならない動機なんて、そうそうやたらにあるもんじゃありませんよ」

「夏木潤平を計画的に、殺そうとする人間なんていないか」

「彼には、命まで狙うような敵がいない。言い換えれば、彼の生死にはそれほど影響力がないってことになる」

「夏木大先生に、自殺の原因は大いにある。だけど、殺される理由はない。したがって、答えは自殺ですか」

「他殺と判断する状況も、材料もないそうだしね」

「マンション・オリジンの住人、同じ六階に住んでいる人たちからも、情報は得られなかったんだろうか」

「個人的な事務所、東京の宿舎として使われている部屋が大半ということらしい。あとは深夜にならないと帰ってこない人種だっていうから、まともな生活を営んでいる住人はわずかってわけだ。住人同士、顔も知らないっていうマンションだよ」

「東京砂漠のさすらい人は、何も知らない気づいていない、夜の十時は無人の世界、マンションすなわち仮の宿、誰が死のうと無関係、隣りは何をする人ぞ」

「即興詩人だね」

丸目はやっと、白い歯をのぞかせた。

「お前さんを元気づけようと、一生懸命おちゃらけているんだ」

夜明は、ハンドルを左へ回した。

権田原から外堀通りへ抜ける道の一部は、新宿区と港区の境界線にもなっている。そこから左へはいるようにと、池上刑事が乗り出して指さしたのだ。丸目と池上はすでに一度、マンション・オリジンへ足を運んでいるのである。

右側には御所の森が続き、その先は迎賓館赤坂離宮であった。左へ曲がると、そこはもう南元町だった。首都高速四号線と、中央線の向こう側へ抜ける。

南元町には、寺院と会館が多い。北の端まで行くと、若葉町と信濃町に境を接する。その一角に、赤煉瓦色の建物があった。マンション・オリジンで、部屋数がさしてないような六階建ての小ぢんまりとしたマンションである。

池上刑事の指示に従って、建物の南側にある駐車場へ乗り入れる。なるほど、生活の匂いがしない。大半の部屋のガラス戸と窓に、厚そうなカーテンが引かれている。

人影が動くこともなく、深夜のように閑散として静かだった。駐車場もガランとしていて、外車ばかりだが三台しか停まっていない。建物の真下に、花束が置かれているのを夜明は見た。

立入禁止の札もロープも張られてないが、人間の輪郭を描いたチョークの線が残っている。それに寄せて車を停めると、三人は一斉に降り立った。夜明は落下地点から直線を引いて、真上の六階あたりを振り仰いだ。

最上階が六階で、垂直の線は西の端の部屋に達した。非常階段に、六〇三号室のベランダが接している。ベランダは当然、建築法に基いた高さの柵で、囲まれているはずである。

「ベランダの手摺りを、乗り越えたんだな」

夜明は手をかざして、太陽のまぶしさを避けた。

「真上は非常階段へ通じているところで、そこだけが一段、鉄柵が低くなっている。ベランダには人工芝が敷きつめてあるんだが、丁度そのあたりにスリッパが脱ぎ捨てられていたよ」

寝ていない丸目の白目が、痛そうに赤く濁っていた。

「発見者は、マンションの住人かね」

「そうだ。ここに車を停めようとして倒れている人間に気づき、飛び降りだと直感して救急車を呼んだんだそうだ」

「そのときはまだ、意識があったんだな」

「救急車で運ばれる途中も微かに意識があって、夏木潤平は譫言(うわごと)を口走ったということだ」

「譫言……？」

「救急隊員二人が、はっきりと聞き取ったそうだ。救急隊員は、それをメモしている」

「ダイイング・メッセージじゃないんだろうな」

「ダイイング・メッセージは、殺された人間が言い残すもんだ」

「どういうことを、口走ったんだ」

「カビン、タトウ、インサイ、ザサイと、二度繰り返したそうだ。カビン、タトウ、インサイ、ザサイ、それに二度目はオウチサと付けたした。カビン、タトウ、インサイ、ザサイ、オウチサ……」

丸目は手帳を開いて、そのように読み上げた。

「譫言なら同じ言葉を、二度も繰り返さんぞ。それに、長すぎる」

夜明は怒ったような顔で、丸目の肩を摑んで揺すった。

7

十日間、考え続けた。

今年の十五夜は、十月三日であった。

十三夜は、十月三十一日になる。

盂蘭盆（うらぼん）は、七月十五日だった。

八月十六日、月遅れのお盆休みに高月静香が殺された。

九月三日、旧の盂蘭盆に夏木潤平が死んだ。

月遅れのお盆と旧のお盆に二人が死んだということで、何やら怪談じみてくる。夏木潤平が自殺した当初は、それを因縁と解釈した人も多かった。

高月静香を月遅れのお盆に殺した夏木潤平は、追いつめられて旧のお盆に自殺したと勝手に決め込んだからである。世間は夏木を愛人殺しの犯人と、受け取って疑わなかったのだ。

「盂蘭盆の盂蘭は、地獄の苦しみを解くという意味だからね。夏木っていう人も、地獄の苦しみから逃れたい一心で、旧の盂蘭盆に自殺したんでしょ」

夜明の母親までが、したり顔でそう言っていた。

高月静香殺害事件の捜査本部も、夏木の犯行を裏付ける物的証拠を見つけ出すことに、全捜査員を投入しているという。夏木の周囲か行動範囲内に、凶器が隠されていると見て、その発見に努めているらしい。

丸目警部補はそんなことを、元気なく電話で伝えて来ている。夏木の死によって、捜査は完全に行き詰まった。新たに容疑者が捜査線上に浮かぶと、そこまでうまい具合にいくはずはないのだ。

だからといって再び、大町千紗を疑惑の対象とするわけにもいかない。大町千紗には、完璧なアリバイがある。それに、千紗を疑うにたるような新事実が、判明するということにもなってはいない。

しかし、夜明は十日のあいだ考え続けて、ひとつの結論に到達したのであった。同時にそのことは、夜明にとって苦悩の因（もと）となった。あれほど弁護した大町千紗のことを、夜明自身が疑わなければならなくなったからだった。

夏木潤平の死は、自殺によるものではない。

もちろん、過失や事故でもない。

夏木は、殺されたのだ。

そして、夏木殺しの背後には、大町千紗の影がチラチラしている――。

これが、夜明日出夫の結論というものであった。

九月十五日の夜七時に、丸目警部補から電話がかかった。夜明は勤務明けの夜を迎えて、夕食後のぼんやりとした時間を過ごしていた。丸目に重大な結論を、聞かせる心の準備がなくて、夜明は電話に出たつもりだった。

だが、丸目の声を聞いてしまうと、そうはいかなくなった。何もあの千紗さんを不幸にすることはない、夜明さえ余計なことを言わなければ捜査本部も二度と千紗に注目しないのだと、胸のうちに叫ぶ声があった。それにもかかわらず、夜明は黙っていられなかったのである。

タクシーの乗務員の夜明が、いつの間にか捜査陣の一員になっていた。夜明という人間の中身は、依然として刑事のままなのだろうか。いまは大町千紗を、冷静に客観視する夜明になりきっている。

「明日で高月静香殺しが発生して、丁度一ヵ月になる。そう思ったら急に、夜明さんに愚痴をこぼしたくなってね」

丸目はハハハハと、自嘲するように笑った。

「丸さんよ、発想の転換ってやつが、必要なんじゃないのか」

夜明は、パジャマのボタンをはずした。

「何だい、そりゃあ……」

何事にも気が乗らないみたいに、丸目警部補の声はまだ笑っていた。

「レタス大先生は、どうして死んだかをもう一度、見直すのさ」

夜明は、手を後ろへ差し入れて、背中をボリボリ掻いた。

「どういうことだ」

丸目は、冷やかすような口調であった。

「おれは、十日ばかり考えた」

夜明はこの瞬間に、千紗の名前を出すことを決意した。

「何か、答えが出たっていうのかい」

丸目は、声の調子を変えていた。

「うん」

「で、その答えっていうのは……」

「夏木潤平の死は、自殺じゃない。あれは、殺しだよ」

「根拠が、あるのかね」

「夏木が高月静香を殺したという前提に立てば、夏木は追いつめられて自殺したんだって、自殺説が立派に成り立つ。お宅たち捜査本部も世間も、そういう前提によって自殺と決め込んだ。自殺として処理した四谷署も、おそらく同じなんだろうよ」

「そうした前提に立たなければ、どうなるんだ」

「夏木は、静香を殺していない。そうなれば、夏木に自殺する理由はない。それどころか、静香に次いで愛人の夏木が変死を遂げたってことで、連続殺人の可能性が強まるじゃないか」

「同一犯人が、静香そして夏木を相次いで殺したってことか」

「それに、夏木が救急車の中で口走ったという言葉が、やっぱり重大だと思う。意識もないままに、口走った意味のない言葉だったら、二度繰り返すということはまずないだろう」

「わけのわからない言葉の断片が、ひとつか二つ飛び出す。それなら譫言(うわごと)ってことで片付けられるがって、おれもその点については考えてみたよ」

「あれは、譫言なんかじゃない。言い残したい、誰かに伝えたいという意志が働いて、夏木が口にしたことだ」

「つまり、ダイイング・メッセージってことか」

「ダイイング・メッセージを残したんだから、夏木は殺されたんだよ」

「しかしねえ、まったく意味不明で言葉にもなっていないいんだから、瀕死の人間がつぶやいた譫言としか、受け取りようがないんですよ」

「全身打撲で死亡する直前の人間が、超能力にも等しい力を発揮して喋ったんだぜ。だから不明瞭だったり不正確だったり、言葉の一部が欠落して聞こえたりするのは当然なんだ。だけど、当人は意味がある言葉のつもりで喋っているわけだから、われわれのほうで正しい言葉に修復してやるほかはないってことだよ」

「夜明さんには、何とか汲み取れる意味というのがあったのかね」

「いまのところは、ひとつだけだ。カビン、タトウ、インサイ、ザサイ、オウチササの最後のオウチササなんだ。オウチサには、チサというのが含まれているだろう」

「そいつには、おれも引っかかった。レタスのチサかとも考えてみたが、オウのほうがどうにも解釈できなかった」

「このチサは、レタスじゃない。おれは、名前だと判断した」

「チサという名前……」

「そうさ、わが最高のレディーの名前なんだよ」

「千紗姫か」

「夏木は、オオマチチサと言った。しかし、ほとんど唇も動かない夏木の言葉なんで、引っ張ったりするところが不明瞭だった。それで救急隊員の耳には、オオマチがオウチと聞こえた。オオとは伸びず、マがはっきりと聞き取れなかった。そしてマチのチとチサのチが、ひとつに重なって聞こえた。そうなれば救急隊員が、オオマチチサをオウチサと聞いたとしても不思議じゃない」

「オウチサは、大町千紗か」

「おれは、そうと断定した」

「いいのかね、夜明さん。わが最高のレディーを、またまた引っ張り出したりして……」

「残念だけど心を鬼にして、再登場させるほかはないだろう」

「そうか、夜明さんは高月静香と夏木潤平殺しの両事件の重要参考人として、大町千紗をご指名ですか。だけど、高月静香殺しに関しての大町千紗には、崩しようのない完璧なアリバイがあるんでね」

「悲観的だな」

「悲観的な材料は、もうひとつある。そいつは大町千紗と夏木潤平のあいだには、接点がないっていうことだ。この点については事情聴取の際に、夏木自身がはっきり認めている。静香の口から名前だけは聞いたことがあるが、大町千紗という女性とは面識はまったくないってね」

「会ったことがなくても、話には聞いているんだろう」

「面識もない人間同士となれば、殺意も殺しの動機も生じようがないいんじゃないのか」

「静香の事件後、夏木のほうから何らかのコンタクトを取って、大町千紗に接近を図ったのかもしれない。九月三日の旧盆の夜、マンション・オリジンの六〇三号室で夏木と千紗は会見した。おそらくそのときが、初対面だったのに違いないな」

「初めて会って、すぐに殺したのかね」

「千紗は殺すつもりで、夏木と会ったんじゃないのか。それ以前に電話での話し合いがあって、千紗はどうしても夏木を消さなければならないという心境に追いやられていた。それで千紗は殺人を決意したうえで、夏木の呼び出しに応じた」

「夏木がマンション・オリジンへ、大町千紗を呼びつけたのか」

「夏木はそのために、上京したんだと思うね」

「そうした重大な会見のときに、夏木が酔っぱらっていたのはどういうことだ」

「夏木にも、勇気が要ったからだ。それでアルコールの力を、借りずにはいられなかった。しかし、そのことがかえって、千紗には好都合となった。夏木が泥酔していたからこそ、千紗には容易に彼を突き落とすことができたのさ」

「夏木はどうしてアルコールの力を借りるほど、勇気や度胸を必要としたんだ。大町千紗さんに対して、夏木は悪事を企んでいたってことか」

「そうとしか、思えないね。根は坊っちゃん育ちの県会議員が、清水の舞台から飛び降りる気で、千紗を脅迫しようってことになれば、勇気や度胸をふり絞らなけりゃあできないだろうよ」

「脅迫……！」

「大町千紗には、重大な秘密があった。その秘密を、高月静香に知られた。それは当然、千紗としては取り返しのつかない弱みを握られたことになる。それで千紗は、静香の口を封じた。ところが、静香からその秘密というのを聞いていた夏木が、それをネタに大町千紗を脅迫した」

「脅迫の目的は、大金を口止め料によこせという恐喝か」

「多分、選挙資金のタシにしようなんて、夏木には甘い考えがあったんじゃないのか」

「国会議員に出馬するための準備金か」

「静香を殺したのはあなたに違いない、こっちの要求に従わなければその疑惑をあなたの秘密ともども、今度の捜査本部の事情聴取で喋ることになる。そんな内容の脅迫だったんだろうな」

「大町千紗の重大な秘密ね」

「そういう解釈と判断を下せば、今回の二つの事件(ヤマ)の図式なるものは、きちんと成り立つじゃないか」

「かなり、理論的だな。それで、その大町千紗の重大な秘密っていうのは……」

「おれには、見当もつかない」

「カビン、タトウ、インサイ、ザサイの中にそいつが含まれていたら、しめたもんなんだがね」

「あるいは、含まれているかもしれないぞ。何しろ、泥酔したうえに脳も正常ではなくなっている瀕死の夏木が、必死の思いで残したダイイング・メッセージなんだからな。そのメッセージの意味は、早いところ捜査本部で解くことですね」

「言語学の専門家に、いちおう調査を依頼してあるよ。そのうちに何とか、答えを出してくれるだろう」

「とにかく、夏木は自殺じゃない」

「夏木が塞(ふさ)ぎ込んでいたのも、奥さんに自殺を匂わせるようなことを言ったというのも、意味のはき違えってわけか」

丸目警部補の言葉には、口が重くなったという響きが感じられた。

「同じ追いつめられていたっていうのも、夏木が犯人(ホシ)だったからってんじゃなくて、罪を犯す恐ろしさとの闘いだったんだろうよ」

コップの底に残っている麦茶を、夜明は音を立ててすすった。

明日は重大な用事があると、夏木潤平は九月三日の事情聴取を拒否した。当日の午前中は書斎に引きこもり、苦悩するように塞ぎ込んでいた。昼食後に夏木は、一生で最大の危機を迎えた、善悪とか罪を犯すとかいったことを考える余地もない、自分の覚悟と決断によって最後の結論が出ると、まるで死ぬつもりみたいな言葉を妻に聞かせている。

しかし、それらはひとつも夏木の自殺に、結びつかないことであった。重大な用事とは、東京で大町千紗と会見することだった。書斎で塞ぎ込んでいたのは、犯罪者となる恐怖に苦悩してのことである。

妻に言い残したことも、実は素直に心境を物語ったのにすぎない。人生最大の危機、善悪とか罪を犯すか否かとかの分別もつかず、乾坤一擲（けんこんいってき）の賭けに出ると、まさしくそのとおりだったといえるだろう。

夏木は乾坤一擲の賭けに出て、大町千紗に殺された。それが、多くの言動と夏木の立場に裏付けられて、自殺という判断を誘ったのにすぎなかった。

もし、千紗に明らかにされたら取り返しのつかない秘密、致命的な弱みというものがあるとしたら、わが最高のレディーが二つの殺人事件に関与したとあってもおかしくはない。長年の親友同士だった静香が、ふとした拍子に千紗の重大な秘密を知ってしまうというのは、大いにあり得ることであった。

それが原因となって、千紗は静香と絶縁する。だが、最近になって何らかの目的により、静香は千紗の重大な秘密というのを持ち出した。その時点で千紗は、静香の口封じの決意を固めた。

そういうことならば、千紗と静香の不自然な絶交と、唐突な再会の謎も解ける。静香が千紗の重大な秘密を、夏木の耳に入れたということで、二件の殺人の動機も成り立つのであった。

『いたちの道』もそういうことで納得がいくと、夜明は思っている。二度と同じ道を通らないというイタチの習性から、交際が絶えることを『いたちの道』という。かつて水商売の世界では、馴染みの客がぱったり顔を見せなくなることを、『いたちの道』と称した。

千紗と静香の『いたちの道』は、そうしたことだったのに違いない。あの千紗が、わが最高のレディーが二人の人間を殺したのだと、改めて夜明のうえに絶望感がのしかかってくる。

ただ、静香殺しの場合には、千紗に崩しようもない完璧なアリバイがある。それが、いまの夜明には唯一最大にして、何ともやりきれない希望といえそうであった。

第四章　得失なき人々

1

丸目警部補の話だと、大町千紗のアリバイについては、あらゆる乗り物を徹底的に調べたという。

まず列車だが、乗車駅は大船ということになる。大町千紗が行動を起こしたとなれば、八月十五日の二十二時三十分以降でなければならない。

横須賀線で、逗子から大船まで行く。所要時間は電車によって違い、六分から十三分ぐらいである。逗子駅まで車を飛ばせば、次の四本には乗ることができる。

逗子発二十二時五十二分。

〃　二十三時。

〃　二十三時七分。

〃二十三時三十四分で、これが最終であった。

それぞれ大船で、在来の東海道線の下り列車に乗り換えられる。だが、各駅停車の在来線は、いちばん遠くまでいっても沼津が終着駅となる。

それでは、×印である。

一本だけ、大船に停車する寝台急行『銀河』に、乗ることができる。しかし、この寝台急行は静岡を発車したあと、岐阜まで停まらない。

これも、×印である。

静岡駅の近くに前もって自分の車を運んでおいて、それに乗って蒲郡へ突っ走ったとしても、『千代田』までは二時間弱かかる。寝台急行の静岡着は一時四十八分なので、午前三時までにはとても間に合わない。

これも、×印となる。

この『銀河』のあとに、あと一本だけの長距離列車が走っている。大垣行きのこの列車は、蒲郡にも停車する。ただし、蒲郡着は朝の五時十分になってしまうので、これまた×であった。

新幹線には、乗りようがなかった。

では、臨時列車はどうか。寝台車ではない急行、普通列車が三本ほど大船駅に停車する。

一本目が大阪行きの急行で、大船発二十三時五十五分であった。浜松と米原間の駅は通過するので、最寄りの停車駅は浜松ということになる。浜松着が三時九分で、蒲郡までは行きようがない。車を走らせても、犯行時間より一時間以上の遅れとなる。

二本目は大垣行きの普通列車だが、最寄りの豊橋着が四時四十八分であった。三本目の大阪行きの急行は、それよりも遅くなるから問題にならない。

臨時列車も、すべて×印であった。

貨物列車となると、もはや論外である。

逗子と蒲郡は海続きだというので、海路も調べてみた。高速のモーターボートで、海上を走ることを想定したのだ。だが、風向きと潮流が最高のコンディションだったとしても、物理的に不可能だという計算に終わった。

しかも、これらの時間計算は全部、往路だけを考慮している。復路のことは、試算すらされていない。蒲郡から逗子まで一時間で帰ってくるとなると、その方法は想像も及ばないためであった。

可能だとすれば、自家用機か自家用ヘリコプターを飛ばすことだった。しかし、それにしてもセスナかヘリを所有しているか、操縦の免許を取得しているか、飛行場かヘリポートが近くにあるか、といったことが絡んでくる。

答えは、いずれもノーであった。

関係者のアリバイは、疑う余地もなく成立している。『千代田』の従業員にも、問題はなかった。千紗の使用人である田代夫婦も、福島県の実家にいたことが証明されている。小日向律子が偽証して、千紗のアリバイ工作に協力しているとは、とても考えられなかった。

残るはただひとつ、千紗に依頼されて静香殺しを実行した人間がいたということである。プロの殺し屋は見つからなくても、高額の謝礼で殺人を引き受ける人間が、存在しないとは断言できない。

だが、静香殺しの動機が口封じだとすれば、殺人依頼は甚だ矛盾した行為ということになる。重大な秘密とともに静香を抹殺しても、今度は殺人を依頼した相手に、それ以上の弱みを握られることになるからだった。そうなっては、まったく無意味である。

次は殺人を頼んだ相手を、殺さなければならなくなる。たとえば夏木が静香殺しの実行犯であって、その夏木を千紗自身の手で消したというのであれば、納得できるのであった。

しかし、千紗と夏木がそうした間柄にあったとは、にわかに信じ難い。要するに殺人依頼というのは、そう簡単にできることではないのだ。

利害をひとつに一蓮托生の共犯者でない限り、殺人依頼という致命的な弱みを握られるようなことは、迂闊（うかつ）にやってのけられるものではない。そんな愚行は当然、避けるはずの千紗であった。

千紗はみずから、静香を殺したのである。あくまで、単独犯行に違いない。ところが、そうとなれば千紗の完璧なアリバイというのが、ものを言う。

八月十五日の午後十時半ごろ、小日向律子は深い眠りに落ちた。

それを確かめたうえで、千紗は逗子の家を出発した。千紗の足は、車であった。

八月十五日の午後十一時ごろ逗子を出発して、十六日の午前三時までに蒲郡の『千代田』に到着することは、車でしかできないのである。往路に限り、車ならば四時間で行きつくことが、可能なのであった。

捜査本部は念のために、静香と電話で喋った酔っぱらいの証言についても、しっかりした裏付けを取ったという。その男は『千代田』の常連客で、十六日の午前二時半すぎから十分間、酔った勢いで静香に電話をかけて、色っぽいことを喋ったのだ。

電話をかけた場所は蒲郡市内のスナックで、男には連れが二人いた。その連れの二人と店のマスターが、電話をかけた時間を記憶していた。午前二時三十五分から十分間の電話をかけた、二度目は午前三時十五分にかけたが応答がなかった、と三人の証人は口をそろえたのである。

この結果、犯行時間は午前二時四十五分から三時十五分までの三十分間と、再確認されたのであった。そうした犯行時間に、千紗が間に合ったことは間違いない。

だが、そこで分厚い壁に突き当たる。千紗は午前四時にちゃんと逗子の家にいて、小日向律子を起こしたうえで、盛岡の母親のもとへ電話を入れさせているのだ。

午前三時に蒲郡にいた人間が、一時間後の午前四時に逗子にいる。こんなことは魔法使いでもなければ、可能となる芸当ではない。それとも千紗が二人いたのかと、疑いたくなるくらいである。

まさに、完璧なアリバイであった。

どうやって、このアリバイを崩すのか。千紗はやはり事件に無関係と断じたほうがよさそうだと、夜明も初めから弱気になりかけていた。しかし、大町千紗を指すオウチサというう夏木のダイイング・メッセージを、無視することはできなかった。

三日後の正午すぎに、夜明は鎌倉までの客を乗せた。鎌倉と聞けば、逗子を連想する。逗子の大町邸に寄ってみようと、夜明は咄嗟に思った。千紗に会うのは恐ろしいが、いまは一大決心が必要だった。

都心から鎌倉へと、夜明は気が急くように孫悟空タクシーを飛ばした。鎌倉の雪ノ下で客を降ろすと、そのまま逗子の小坪へ車を走らせた。約一ヵ月ぶりに見る豪邸と庭の松林が、今日も海辺の明るい陽光を浴びていた。

門前に、車を停めた。高い門柱を見上げて、夜明は服装の乱れを直した。口の中に残っていた飴を吐き出してから、おもむろにインターホンのボタンを押す。

「どちらさまでしょうか」

田代幸子の声が応じた。

「先月、お邪魔したタクシーの運転手で、夜明と申しますが……」

夜明は、緊張していた。

「通用口のドアでしたら、あいております。どうぞ、おはいりください」

お手伝いは、思ったより愛想がよかった。

「わかりました」

夜明は、通用門へ移動した。

なるほど、扉に鍵はかかっていなかった。夜明は邸内にはいり、玄関へ向かう砂利道をゆっくりと歩いた。途中で、迎えに出て来た田代幸子と出会った。

「いらっしゃいませ。あいにく、お嬢さまはお出かけなんでございますけど……」

田代幸子は、丁寧に一礼した。

「お留守なんですか」

夜明の肩から、力が抜けた。

「はい。横浜へいらっしゃるということで、朝のうちにお出かけになりました。野口先生の奥さまと、お約束があるということでしたので、お帰りは夜になるかもしれません」

田代幸子は気の毒そうに、夜明の顔色を窺った。

「横浜の野口夫人というのは、千紗さんの友だちですね」

夜明も、千紗たちにポーカーを教えた野口夫人というのを、忘れてはいなかった。

「はい」

「野口先生と言われたけど、ご主人はお医者さんですか」

「はい、横浜の磯子の野口病院の副院長さんで……」

「そうですか」

「お嬢さまも何度か、お宅さまにお会いしたいって、おっしゃっておいでででした」

「その後も千紗さん、元気にしていますか」

「はい。オーストラリアの東海岸のいくつかの都市へおいでになって、お帰りになってからのお嬢さまは、見違えるほどすっかりお元気になられましてねえ」

「外国へ、行かれたんですか」

「おひとりで気晴らしに、八日ばかり海外旅行に出かけられました。年に一度は、そうされるんですよ」

「いつごろ、外国へ出かけたんですか」

「ええと、九月四日でした」

「今月の四日……」

「九月四日、成田発が九時三十分のブリスベーン行きの飛行機に、お乗りになったんですよ」

「九月四日って、はっきり覚えているんですか」

「はい。旧のお盆の翌日でしたし、九月四日は火曜日ですものね。九時三十分発のブリスベーン行きは週に一便、火曜日にしか飛ばないって聞いておりましたから……」

「朝の便となると、ここを出るのは前の日でしょう」

「成田のホテルを予約なさって、三日の午後にお出かけになりました」

「それで、お帰りは……」

「十一日の夜、シドニーからお帰りでした。それからのお嬢さまは、とても明るくなられましてねえ。毎日を楽しそうに、お過ごしでございますよ」

「オーストラリアで、よほどいいことがあったんだな」

「この五日間に、お嬢さまがお風呂の中で唄を口ずさんでおいでなのを、わたし三度も聞きましたもの。それはもう、陽気でいらして……」

「千紗さんが、鼻唄まじりで風呂にはいるとはね」

「はしたないっていうわけで、そんなことはついぞなさらなかったお嬢さまが、毎日のようにお風呂で歌っていらっしゃる。そこまで、お嬢さまが嬉しそうにご機嫌でいらっしゃるのは、ほんとうに珍しいことなんですよ」

「千紗さんの鼻唄っていうのは、どんなのを歌うんです」

「それがまた滑稽というか、おもしろくて変わっていると申しますか、唄の文句も曲もすぐに別の唄に移るんです。つまり、四つの唄を小出しに織りまぜて、それを続けて歌われるんです」

「四つの唄って、いつも同じなんですか」

「はい。歌詞も続け方も毎回、決まっていましてね。それを鼻唄みたいに口ずさんでおいでなので、三度聞いただけでわたしも覚えてしまいました」

「どんな具合に、歌うんです」

「赤いリンゴに唇寄せて、から始まりましてね」

「戦後の歌謡曲だ」

「それがそこまでで終わってすぐに、バイカルの果てしなき道を、と続くんです」

「その唄は、知らないな」

「ロシア民謡でしょ。それもそこまでで次は、みかんの花が咲いている、と続きます。それから童謡で、ペンギンさんがお散歩していたら空からステッキ落ちてきて、と続けて終わるんですよ」

「鼻唄にしても、かなりメチャクチャで、奇妙な取り合わせのメドレーですね」

「それを繰り返し、お風呂の中で歌われるんですよ。赤いリンゴに唇寄せて、バイカルの果てしなき道を、みかんの花が咲いている、ペンギンさんがお散歩していたら空からステッキ落ちてきて……」

田代幸子は小さな声でだが、メロディーもつけて四つの唄の一部をつなぎ合わせて歌った。

「九州ラーメンともいわれるトンコツ・ラーメンが大好物だって話だし、千紗さんにはそういう変わった一面があるんでしょう」

夜明は立ちどまって、藤棚の向こうの庭園を眺めやった。

「そうなんですか、トンコツ・ラーメンが大好物だって……」

田代幸子が、目をまるくした。

「従妹の小日向律子さんから、そう聞きましたよ」

夜明は、夏の終わりを告げるような無人のプールに、視線を投げかけた。

円形のプールの水面はキラキラと輝いているが、ひっそりとした周辺の風景が秋の寂しさを招いているようだった。二十本からのビロウ樹が、青い空を指して葉を動かしていた。

「トンコツ・ラーメンがお嬢さまの大好物だなんて、いまのいままで知りませんでしたけどね」

千紗の身辺にいる者として心外だったのか、田代幸子は笑いを忘れた顔になっていた。

「そうですか」

そんなことはどうでもいいだろうと、夜明は相手になるのをやめた。

だが、その代わりに夜明の思考を一瞬、妨げるものがあった。夜明の目は、ビロウ樹へ向けられている。夜明の視覚が何かを捉えて、そこにおやっと思うような疑問が生じたのだ。

ところが、いったい何が疑問の対象となるのか、夜明にはわからなかったのである。

2

東京へ、戻って来た。

再び、客を乗せて走り回る勤勉なタクシードライバーとなって、夜明は見飽きた東京の道路と付き合った。夜明は、むっつりとした運転手になっていた。愛想が悪いのではなく、考え込むことが多かったのである。

千紗と、会わずにすんだ。

そのことには拍子抜けしたというより、正直なところホッとしていた。しかし、千紗への疑惑は一段と強まり、その分だけ夜明の心は重くなっている。

田代幸子にも刑事のように、突っ込んだ質問はできなかった。田代幸子が怪しまずに喋ってくれることを、聞いたのにすぎない。それにもかかわらず、千紗の身に起きた異様な変化を、夜明は知ることができた。

千紗は別人のように、明るく陽気になったという。それは苦悩が消えて、すがすがしい気分になれたことの証明ではないか。静香と夏木の死によって、千紗は精神的に解放されたのだ。

邪魔者は、消滅した。千紗の重大な秘密を知る人間は、この世にひとりもいない。頭上の雲が、晴れてくれた。そのために千紗は、病気が全快したように元気になった。

そうした豹変ぶりこそ、千紗への疑惑を濃厚に煮詰めるのであった。

九月四日の午前九時三十分に成田を出発する飛行機で、千紗はオーストラリアのブリスベーンへ向かった。

その前日の午後に、千紗は逗子をあとにしている。もちろん、成田のホテルへ直行したのではない。千紗の運転するベンツが、成田のホテルに到着したのは多分、夜の十二時をすぎたころだったに違いない。

その前に、東京の新宿区南元町のマンション・オリジン六階のベランダから、千紗は夏木を突き落としている。

今度こそ千紗には、完璧なアリバイなどありはしない。都心を走行中だったとか、成田へ向かっていたとか弁解するだろうが、九月三日の夜の千紗には、所在を立証できない時間の空白があるはずであった。

翌朝、千紗はオーストラリアへ旅立った。事件後の約一週間を外国で過ごすのは、何となく安心していられるという一種の逃避行である。緊張や不安の色を、気どられずにすむ。一週間も外国にいれば保養になり、落ち着きを取り戻して気分転換も図られる。さっぱりして帰国したところ、さいわいにも夏木の死と無関係な生活が待っていた。千紗と夏木が、結びつけられる恐れさえない。

とたんに、千紗は天国にいるような心境となった。すべて、うまくいった。心配することは、何ひとつない。千紗は、わが世の春を謳歌したかった。

それが、陽気で明るくて楽しそうな女になって、千紗の言動に表われているのであった。

午後九時——。

夜明の孫悟空タクシーは、中野区の上高田二丁目へ向かっていた。中年の男の客ひとりを、乗せている。乗って間もないときから、居眠りばかりしている客だった。信号で停車すると、目をあけてキョロキョロあたりを見回す。

こういう客は、静かでよかった。話しかけてもこないので、考えごとをしているときの客に向いていた。

オーストラリアへ気晴らし旅行、実は逃避行だったのだと、夜明の頭の中は依然として千紗のことで占められている。オーストラリアに滞在中、千紗は寂しさと孤独感を味わったことだろう。

夫や恋人の連れもいない独り旅で、いかに金持ちの美女だろうと犯罪者とあっては楽しくなれない。周囲が外国人ばかりだと、いっそう孤立感が深まる。

もっとも千紗は、英語とフランス語がペラペラだそうだから、言葉に不自由することはないのである。英語がペラペラといえば、夏木潤平も同じらしい。レタス大先生の巧みな英語というのを、一度聞いてみたかったと、夜明はくだらないことを考えた。

「あっ……！」

夜明は、大きな声を発した。

居眠りを続けていた客が、あわてて目を覚ました。客は窓に顔を近づけて、右側が早稲田通りに面した上高田一丁目であることを確かめた。

「その辺で、結構ですよ」

客はメーターを見て、紙幣を数えた。

夜明は、車を歩道に寄せて停めた。客がオツリを受け取らなかったのに、夜明は礼を言うのも忘れていた。夜明は、車を走らせた。早稲田通りから中野通りへ左折して、すぐのところにある駐車場に進入する。

食堂の駐車場だった。東京タクシー近代化センターの直営の食堂で、こういう施設が都内に三十店近くある。夜明は、その食堂へ駆け込んだ。

電話をかけるためであった。送受器を耳にあてると、自然に貧乏揺すりが始まった。しきりと指で、サングラスを押し上げる。夜明としては珍しく、目の色を変えているという感じだった。

「はい、丸目」

丸目警部補が、電話に出た。

「夜明だ、えらいことに気がついたんだけど、大至急で調べてくれ」

夜明は、唾を飛ばすような早口になっていた。

「どうしたんだ、よく聞こえるように喋ってくれ」

「夏木は、酔っぱらっていた。そのうえ、頭を打って死にかけている。意識は残っていても、錯乱状態になっているだろう」

「当然だ」

「そうした場合、目の前にいるのは外人だという幻影か錯覚かに、取りつかれることもあるそうだ。もし、夏木がそういう状態にあったら、英語がペラペラの彼だから英語で喋ろうとする」

「うん」

「夏木の例のダイイング・メッセージは、英語じゃないかって気がついたんだ。オウチサだけは大町千紗だが、あとのカビン、タトウ、インサイ、ザサイは英語なんだよ」

「不思議なことって、実際にあるものなんだな」

「何が不思議だ」

「いま夜明さんが言ったのと、まったく同じことに気づいた人間が、実は捜査本部にいたんだよ」

「何だって……」

「今日の昼飯のときに、あれは英語じゃないかって言い出した」

「可愛くないやつが、いるもんだ」

「池上刑事だよ」

「やっぱり、そうか」

「だけどまあ、夏木は英語がペラペラだったと知っている人間なら、あれは英語だっていつかは気がつきますよ」

「それで、いまは鑑定中か」

「今日の午後から、アメリカ語の専門家三人に解読を頼んである。明日いっぱいには、何らかの結論が出るはずだ」

「力が抜けたよ」

「そんなことで、がっかりしなさんな。明後日の名古屋始発一番で、おれは東京へ行く」

「東京まで、わざわざお出ましかい」

「大町千紗にもう一度、会わなければならんだろう。それに、盛岡の小日向先生にもだ。小日向先生とは明後日の九時に、東京で会いましょうと話が決まったばかりでね」

「あの先生、夏休みでも日曜でもないのに、簡単に東京へ出てこられるのか」

「小日向先生は二年生の担任なんで、修学旅行の視察っていうのがあるらしい。いまがその時期で、修学旅行先が東京と決まっていることもあって、先生はたまたま明日から三日ほど上京することになっていたんだ。それで明後日は、身体をあけてもらうことになったんだよ」

「要するに、先生は東京出張ってことか」

「明後日は、午前八時二十四分東京着だ」

「だったら、丸の内側へ出てくれ。その時間に、丸ノ内ホテルの前に車を停めて待っている」

「毎度、ご苦労さんだ」

「可愛くないベイビーが、また一緒だろう」

「毛嫌いしないでくださいよ、夜明さん」

丸目が、声をひそめて笑った。

「じゃあ、最後の吉報を待っている」

池上のことなどに、夜明もこだわってはいなかった。

それよりもカビン、タトウ、インサイ、ザサイという大問題がある。もし解読できたら、それが最後の吉報ともいえるのだ。必ず吉報を持ってこいと、夜明はいまから明後日という日が待ち遠しくなっていた。

翌日は勤務明けで、夜明は十分に休息をとった。

九月二十日が訪れた。運命の朝を迎えたように、夜明は緊張していた。もしかすると、ある意味で記念すべき日になるかもしれないのだ。九月二十日、木曜日――。

夜明は目黒営業所を出庫すると、脇目もふらずに東京駅へ向かった。永代通りの丸ノ内ホテルの前に、八時三十五分に車を停めた。

待たされることなく、丸目が間もなく窓ガラスを叩いた。池上刑事が、なぜか馬鹿丁寧に一礼した。これまでと違って、殊勝な態度であった。嫌われているぞと丸目から言われたのかもしれないと、夜明はニヤリとしていた。

「品川の山手ホテルへ、お願いします」

池上刑事が、また頭を下げた。

「小日向先生の宿泊先だな」

ビジネス・ホテルの名を聞いて、夜明はそうと察した。

「九時に、ホテルのロビーで待ち合わせている。あの先生と会うときは、いつもホテルのロビーでね」

丸目が答えて、そんな余計なことまで付け加えた。

「それで、どうだったんだ」

日比谷通りへ出て、夜明はスピードを落とした。

「小日向律子先生は、学生主任の先生と一緒なんだそうだ」

まるで夜明を焦らすように、丸目は見当違いなことを口にした。

「そうじゃない」

「えっ……？」

「夏木氏のダイイング・メッセージに、決まっているだろう」

「そうだ、肝心なことを忘れていた」

「英語として、解読できたのかい」

「夜明さんと池上君の着目は、これはもうお手柄ですよ」

「英語だったんだな」

「多少こじつけの感じはするが、英語とアメリカ語の専門家はちゃんと解読したよ。まあ発音には当然、差があるがね」

「もったいぶらずに、早く説明してもらいたいもんだ」

「カビン、それにタトウは同じような意味だ。カビンはカービング、スペルはｃａｒｖｉｎｇ、これには彫り物という意味がある。タトウのスペルはｔａｔｔｏｏで、これにも入れ墨という意味がある」

「彫り物と入れ墨か」

「夏木氏はカービングだけでは彫刻という意味に受け取られると、タトウを付け加えたのではないか。したがってカービングとタトウで、入れ墨を指していると解釈していいのではないかと、これは英語の専門家の意見だよ」

「入れ墨ねえ」

「次のインサイとザサイは、区切らないほうがいいそうだ。インサイとは、インサイドを言ったのではないか。続いてｏｆと書くオブがあったんだが、それは聞こえなかったんだろう」

「インサイド・オブ……」

「ザサイのザはｔｈｅのザ、サイのスペルはｔｈｉｇｈで太腿だそうだ」

「太腿……」

「インサイド・オブ・ザ・サイで、太腿の内側、つまり内腿という意味になる」

「入れ墨、内腿、大町千紗……。じゃあ、千紗さんの内腿には、入れ墨があるってことなのか」

心臓を突き刺されたような衝撃に、夜明は息を呑んでいた。

「あの最高のレディーには、想像もつかないことだ。とても、考えられないことだし、あるまじきことだよ」

英語が書き込まれている紙を、丸目警部補は穴があきそうに指先で弾いた。

「まさかだろう。英語の訳し方が、間違っているんじゃないのか」

そう反論しながらも、夜明は何となく気弱になっていた。

男嫌いなのか、恋の古傷がいまだに癒えないのか、とにかくあの富豪の麗人が独身を通しているということに、引っかかるからであった。不自然に結婚を避けるのは、それなりの理由があるためなのだ。

男嫌いだとか、十年以上もむかしに恋人がこの世を去ったからとか、そういったことは納得できる理由にならない。千紗は健康であり、まだ若かった。女盛りであって、あとも う二十年は女でいることになる。子どもも、欲しいだろう。

何か、秘密がある。絶対に、知られたくない秘密だった。こうした場合の女の秘密とは恥辱、羞恥、負い目などに結びつく。最も多いと思われるのは、肉体的な弱点に違いない。

千紗は結婚だけに、尻込みしているのではない。恋愛も、拒んでいる。男と愛し合うようになれば、セックスは避けて通れない。男は、千紗の全裸の姿を眺める。ホクロのひとつも、見逃すことはない。

男の目に、奇怪なものが映ずる。

入れ墨である。おそらく、小さな入れ墨だろう。しかし、入れ墨が施されている場所が、どう弁解することもできない。内腿といっても、水着だと見えない場所であった。

下腹部では、すまされない。千紗の恥毛の周辺か、あるいは局部に準ずるようなところかもしれない。それも、美しいとはいえない入れ墨に決まっている。

プロによって、施された入れ墨ではない。大恋愛をしたフランス人の船乗りというのが、自分の名前かイニシアルかを千紗の最も恥ずかしい部分に彫りつけた。

　フランス人の男も自分の太腿に、千紗の名前かイニシアルを入れ墨した。今度は千紗の番となれば、断わることはできない。若かった千紗は、初めての恋愛と肉体関係に溺れて、男に無我夢中だった。

　これこそ最高の愛の証拠と思えば、千紗は悲壮感と殉情の精神に酔いつつ、入れ墨を施されることを承知する。フランス人の船乗りは、見よう見真似で初歩的な入れ墨の技術を知っていた。

　アマチュアの技術だろうと、入れ墨は消えない。帰国してからの千紗も、病院で入れ墨を焼き消したり、皮膚移植をしたりはできなかった。千紗はまず、医師や看護婦の口を恐れたのである。

　千紗にとって入れ墨は、生きている限りの秘密と弱点になった。

3

　品川駅の八ツ山橋寄りの第一京浜に面して、山手ホテルが古典的ともいえるような建物を置いている。古くは常連の客だけを泊めていたホテルが、いつの間にかビジネス・ホテルというシステムに変えたのだ。

六階建ての小ぢんまりしたホテルだが、家庭的な雰囲気を失っていなかった。広くないロビーに、ジャングルの温室みたいに鉢植えが並べられていた。緑色に染まって落ち着けるロビーには、動き回る人影も声もなかった。

椅子がいちばん多く集められている席に、小日向律子の姿があった。今日の小日向律子は、明るい紺のスーツを着ていた。紺系統がよく似合って、上品で清潔な女に見せている。

小日向律子が立ち上がって、三人の男たちと挨拶を交わした。初めて教室へはいった教師のように、小日向律子は緊張した面持ちでいた。只事ではなさそうだと、覚悟しているのに違いない。

愛知県警の捜査員に再度、面会を求められた。面会といっても、刑事たちの聞き込みに応じるのだ。小日向律子は、事件に関与する証人として扱われている。

前回は、大町千紗といかに行動をともにしたかを、詳しく訊かれた。千紗のアリバイ調べだから、従姉が疑われているということになる。そして今回もまた、刑事たちは千紗のことを知りたがっているのである。

そうなると千紗への疑いは、いまだに解けていない。それどころか、ますます容疑濃厚になっていると、考えるべきだろう。大変なことになりそうだと、小日向律子も不安が募る一方なのである。

「今日は、時間のほうですが、よろしいんですか」

真っ先に、夜明が口を開いた。

「ええ、今日は中休みということで、何の予定もありません」

小日向律子は、夜明に笑顔を向けた。

丸目たちよりは夜明とのほうが、はるかに気軽に話せる律子だった。律子の笑いには、夜明への親しみが込められている。

「修学旅行のための視察とは、先生にもいろいろな仕事があるんですね」

夜明は、坊主頭を撫で回した。

「昨日と明日で視察を終えて、明日の夜には盛岡へ帰ります」

律子はバッグから、ハンカチを取り出した。

「だったら、自由時間は今日しか取れないですか」

残念だというように、夜明は両腕を左右に広げた。

「学年主任と、別行動をとれるのは……」

糸屑でも付いていたのか、律子はハンカチで唇を摘まんだ。

「できればの話なんですが、小日向先生に付き合っていただきたかったんですよ」

「何を、付き合うんですか」

「逗子までのドライブです」

「逗子……」

「ですけど、先生自身の自由時間も必要となると、ご迷惑でしょう」

「わたしを千紗さんに会わせることが、目的なんですか」

「いや、それは二の次、三の次です。丸目警部補がどういうつもりでいるのかはわかりませんが、わたしとしては小日向先生にあるものを、見てもらいたいだけなんです。大町邸に、存在するあるものを……」

「いったい、どういうことになっているんだか、わたしにはさっぱりわかりません」

「もうひとつだけ、わたし個人としての質問があるんですが、よろしいでしょうか」

「何なりと、お尋ねください。わたしが知っているんでしたら、どんなことでもお答えします」

「八月十五日の晩、あなたと千紗さんは甘酒を飲んだんでしたよね」

「ええ、ほかの方たちとは違って、千紗さんもわたしも強いお酒が駄目でしたから、甘酒を飲みました」

「甘酒という飲みものを選んだのは千紗さんでしたか、それとも小日向先生の注文だったんですか」

「さあ、どっちが選んだとか注文したとか、そんなことではなかったと思います。わたしが盛岡の造り酒屋さんに頼んで、おみやげに上質の酒粕を持って来たんです。それを使って千紗さんがあの晩、おいしい甘酒を作っていました。そのことから思いついて、じゃあわたしたちは甘酒にしましょうって、そういう話になったんですから……」

「小日向先生も千紗さんも、甘酒が好物だったんですね」

「甘酒って飲まなきゃいられないってものでもないし、そうかといっておいしくないはずはないし、そんな程度の気持ちで飲んだんだと思います」

「熱いやつでしたか」

「いいえ、熱かった甘酒を冷やして、飲み易く温めにしたものです」

「真夏に甘酒というのは、どうもピンと来ませんが……」

「そうでしょうか。わたしたちは別に、不自然に感じませんでしたけどね」

「甘酒は千紗さんも、特に好物というわけではなかった。しかし、翌朝のトンコツ・ラーメンというのは、千紗さんの大好物だったそうですね」

「ええ。千紗さんから、大好物だって聞きました」

「そこもまた、ちょいとばかり変なんです。おかしいんですよ」

「どう、おかしいんですか」

「長年、千紗さんの食生活に携わっているお手伝いの田代幸子さんが、そうは認めていないんです。お嬢さまはトンコツ・ラーメンが大好物だなんて、そんな話は一度も聞いたことがないって……」

「そうですか」

「そうなると、千紗さんが嘘をついたとしか考えられない。ですがねえ、トンコツ・ラーメンが大好物だなんて嘘は、ついたところで何の意味もないでしょう」

「ええ、確かに奇妙な嘘ですね」

「そのことで先生、何か感じるものはありませんか」

「さあ……。千紗さんって普段から食べものや嗜好品に限らず、何が好きだ嫌いだっていうようなことは、人前で口にしないほうなんですよね。ですから、トンコツ・ラーメンが大好物だなんて、珍しいことを言うなってわたしは思いました」

「なるほどね」

「あとは、飛行機の音が気になるってことを、よく言っていました」

「飛行機の音ですか」

「近くの上空を通過する飛行機の爆音、エンジンの音でしょう」

「ああ、あのあたりの上空は米軍機が、厚木基地を使用するんでね。江の島と城ケ島の灯台、平塚と茅ケ崎の航空灯台を、目標にするんじゃないですか」

「お願いが、あるんですけど……」

怒ったように真摯な目で、律子は夜明を見据えた。

「何ですか」

いわば飛び入りなのだから、おれに頼んでも引き受けられっこないと、夜明はたじろいでいた。

「何があって、どんな理由のもとに、どういうことで千紗さんが疑われているのかを、わたしにも具体的に詳しく、聞かせていただきたいんです。千紗さんは殺人事件の容疑者じゃないかって、わたしにも見当がつくんですけど、実際にそのとおりなんでしょうか」

夜明を凝視する律子の眼球が、涙の膜に覆われているように見えた。

「それは……」

答えに窮して、夜明は丸目に視線を転じた。

「千紗さんは、わたしの従姉です。わたしは中学の教師であって、これから結婚もしなければなりません。もし、従姉が殺人犯ということであれば、わたしの将来に影響します。つまり、わたしにとっては、他人事じゃないんです」

律子はようやく、舌鋒を丸目に向けた。

「わかりました」

丸目は、うなずいた。

「先月、盛岡へいらしたときは、アリバイさえあれば千紗さんはシロ、といった程度の聞き込みだったんでしょ。でも、今回は容疑者と決まった大町千紗のことで、調べにいらしたんですね」

律子はハンカチで、額の汗の湿りをふき取った。

「実は、そのとおりなんです」

思考がまとまらないときの癖で、丸目はまるい顔を両手で包んだ。

「大町千紗は、愛知県の蒲郡市で高月静香さんを殺した犯人なんですか」

律子は、『千紗さん』と呼ばなくなっていた。

「犯人と、断定はされておりませんよ」

丸目は短くなったタバコなのに、灰皿から摘まみ上げて唇に近づけた。

「わたし、あのあと高月静香さんの名前と、蒲郡市という地名を思い出しました」

意表をつくように、律子はそんなことを口にした。

「何ですって……」

あわててタバコを捨てて、丸目は乗り出した。

「盛岡で訊かれたときには、知らないと答えましたけど……」

「そうでした。先生は、耳にしたこともないと、おっしゃいましたね」

「そこへ足を向けたこともない土地の名前、たった一度しか聞いたことがない人間の名前を、咄嗟に思い出せないのは当然でしょ。でも、大変なことになりそうだって気になって、事件の記事が載っている新聞を捜し出して何度も読んでみました。そうしているうちに……」

「思い出したんですね」

「高月静香、それに蒲郡という活字を繰り返し眺めていたら、ぼんやりと記憶に浮かんでくるものがあったんです。それは一年以上も前に、大町千紗から聞いた話でした」

「一年以上も前……」

「その出来事が起きたのは、もっと前のことだそうです。去年の二月って、大町千紗は言っていましたから……」

「去年の二月となると、約一年半前ですか」

「大町千紗は、死にかけたんだそうです」

「なぜです」

「過失です。蒲郡市の海に、落ちたということでした。高月静香という人と一緒に、早朝の岸壁を歩いているとき、何かにつまずいて足を取られて、そのまま海中へドボンだったそうです。凍りつきそうな冷たさに、両足とも痙攣（けいれん）を起こすし、心臓がとまりそうになるし、息ができなくなって気が遠くなるし、死んでしまうと思いながら大町千紗は海中に沈んだという話でした」

「二月の早朝となれば、寒気も厳しかったでしょうからね」

「高月静香という人が、海へ飛び込んで助け上げたらしいんです。それで高月静香さんは家へ運んで、着替えをさせたり暖房で温めたりしたら、大町千紗は元気になったそうですけどね」

「その海に落ちたという岸壁ですが、どのあたりだったかは聞きませんでしたか」

「蒲郡競艇場の西の端の岸壁って、大町千紗はそういう言い方をしました」

「形原町の『千代田』から、そう遠くないだろう」

丸目は池上刑事と、顔を見合わせた。

「わたしが大町千紗の口から、高月静香さんの名前と蒲郡という地名を聞いたのは、あとにも先にもこのとき一回きりでした」

律子の目の動きが、落ち着きを失っていた。

自分の証言に何やら重大な意味があったのだと、律子にも察しがついたのである。丸目警部補の童顔が、にわかに険しくなっている。池上刑事の顔は、もっと青白さを増していた。

夜明の表情には、凄みが感じられた。現職の刑事と元刑事が、異様な反応を示したのであった。律子がそうした男たちの勢いに呑まれて、これからどうなるのかと平静を失うのは無理もない。

「池上の旦那！」

丸目に目配せをしてから、夜明は池上刑事を呼んだ。

夜明は先に立って、フロントのカウンターに近づいた。向き直った夜明の前に、二人の刑事が並んで立った。夜明は、二人の刑事を見やった。凶悪犯と対決したときのように、夜明の眼光は鋭かった。

「名古屋空港も浜松基地もあるから、蒲郡だって飛行機の爆音が聞こえるだろう」

夜明は、池上刑事の肩を叩いた。

「いつも、聞いています」

池上刑事は、直立不動の姿勢でいた。

『池上の旦那』と呼ばれようと、無作法な態度をとられようと、もはや池上刑事に夜明への反感はない。すでに池上刑事は丸目から、夜明の過去についても説明を受けているのだろう。いまの池上刑事は夜明を、尊敬すべき先輩と見ている。

「飛行機の音が聞こえるところまで、蒲郡と逗子はよく似ているってことか」

丸目が、指を鳴らした。

「大町千紗が海に落ちて、高月静香に助けられたのが一年半前。大町千紗と高月静香が絶縁したのも一年半前と、完全に一致しましたね」

池上刑事の顔には珍しく、目を見はるという表情らしきものが認められた。

「正解だぜ、ベイビー」

夜明は、池上刑事の背中をどやしつけた。

「こうなったら、土地を調べるしかないだろうな」

丸目は、タバコを銜えた。

「ほかに、道は開けんよ」

夜明は、のど飴をしゃぶった。

「捜査本部に、連絡だ」

丸目は、池上刑事に命じた。

「はい」

池上刑事は、カウンターの電話機に手を伸ばした。

「豊橋か岡崎か西尾か知らんが、蒲郡を管轄としている法務局の支局へ、手のすいている全捜査員を動員する。大至急、登記所の登記簿を閲覧して、結果を出すんだ。三時間後に、再度連絡する」

声が大きすぎることに気づいたのか、丸目は急に池上刑事の耳に口を寄せた。

夜明は、律子の背後へ足を運んだ。

「これから横浜へ向かって、そのあと逗子まで行きますがね。先生、付き合ってくれますか」

夜明は、律子を見おろした。

「どこへでも、行きます」

小日向律子は、立ち上がった。

「人生には避けて通れないものってのが、ありますからね」

夜明は、サングラスをかけた。

4

夜明日出夫の孫悟空タクシーは、首都高速一号線と横羽線を経て、横浜市の磯子区へ突っ走った。野口総合病院の副院長とは、丸目警部補が連絡をすませていた。

丸目が神奈川県警本部に問い合わせると、野口総合病院の所在地も電話番号もすぐにわかった。父子が院長と副院長を務める野口総合病院は、ほかに見当たらないということのようだった。

野口副院長は、お待ちするとのことであった。大町千紗のことで警察が聞き込みにくるとなれば、野口副院長としても知らん顔はできなかったのだろう。

野口総合病院は、磯子区の滝頭三丁目にあった。広い敷地内の駐車場も贅沢に完備していて、なかなか立派な私立の総合病院である。池上刑事と律子は、車内に残ることになっていた。

丸目と夜明は、病院本部の受付へ向かった。夜明は、黙っていればよかった。刑事を詐称するわけではない。丸目の単なる連れであり、そうなると誰もが刑事と見てくれる。

黙っているといえば、東京から横浜までの無言の行は苦痛であった。夜明、丸目、池上、律子と四人が四人ともまったく言葉を発しなかった。

捜査の終点が見えてくると、普通の人間はかえって口数が少なくなる。いつもそうだったと、夜明はむかしを思い出した。最後のトドメを刺すことの緊張感、それにこれで事件が解決するのかという不安のせいに違いない。

小日向律子には、違う意味での心の葛藤があるのだ。果たしてこの現実を、信じなければならないのか。従姉が殺人犯であることが、世間全体に知れてしまうのか。自分の今後は、どうなるのか。律子はそういう恐怖感に、胸を圧迫されているのだろう。

それにしても、仲間といえる人間が四人も一緒にいて、車の中が沈黙の世界と化しているのはやりきれない。言いたいことは山ほどあるのに、口には出さないという雰囲気が、拷問のように感じられた。

受付では待っていたように、副院長室の場所を教えてくれた。四階の中央の廊下の突き当たりが院長室で、その向かい側の総婦長室の隣りが副院長室だった。

野口副院長は四十前後で、学究肌という印象は受けなかった。長身でスポーツマンのタイプだし、口のききようも明けすけではっきりしている。副院長は笑顔も絶やさず、丸目と夜明にソファをすすめた。

夜明が知りたいことは、ただの一点だけである。あとの質問は、すべて丸目に任せるという約束であった。丸目は主として大町千紗の健康について、野口副院長の意見を質していた。

「まあ、大町千紗さんとは親しくさせていただいておりますが、わたしよりも家内のほうがってことになりますんでね」

野口副院長は、ゆっくりと喋った。

「そうしますと、先生は大町さんの主治医ではないってことですね」

丸目は両手の指を、何かを摑むようにくねらせていた。

「いやあ、それがおもしろいんだな」

野口副院長は白衣のポケットに、両手を差し入れたままでいた。

「おもしろいとは……」

丸目は、タバコを我慢しているようだった。

「千紗さんには、おそらく主治医がいないんじゃないんですか」

「それは、どうしてなんです」

「徹底した医者嫌いだから、ということなんでしょうね」

「つまり、お医者さんには絶対にかからないというくらい、徹底しているってことですか」

「医者にかかるような病気になったことがないっていうのが、千紗さんの自慢でもあるんですよ」

「しかし、人間である以上、病気にかからないってことはあり得ないでしょう」

「わたしが千紗さんから聞いたところによると、診察ぐらいは構わない、薬が嫌いだってこともない、胸の写真や内視鏡も我慢できる。脳波、心電図、ＣＴスキャンもまあいいだろうという話でしてね」

「じゃあ、何に対して拒否反応を示すんです」

「手術ですよ」

「手術ねえ」

「出産も、絶対に御免ですっていうことでした」

「それで、結婚しないいんですかね」

「あるいは、そうかもしれませんよ。そのくらい千紗さんは、断固拒否の態度でしたから……」

「もし、手術を必要とするときは、どうなるんでしょう」

「わたしもその点を、質問してみました。しかし、千紗さんの答えに、変わりはなかったですね。事故だろうと内臓疾患のための開腹だろうと、手術台に乗らなければならなくなったときは、病院へ運ばれる前に自殺するそうですよ」

「真面目な話ですか」

「そうらしいですね。それに、決して冗談ではなくて産婦人科も同じだというんですから、女性としても千紗さんは奇跡を前提に、生きているようなもんじゃないですかね」

「恐ろしい」

「もっと、恐ろしいことがありました。去年でしたか千紗さんは真冬の海に落ちて、一緒にいた知り合いに助けられたらしいんですが、そのとき千紗さんは救急車を呼ぶことを許さなかった」

「ほう」

「知り合いは仕方なく、千紗さんを自宅へ運んだそうです。しかし、知り合いは応急処置をしたあと当然、医者を呼ぼうとしました。ところが、千紗さんはもう大丈夫だからと、それさえも断わったというんです」

「まるで、執念ですね」

「その話を千紗さんから聞いたとき、彼女の医者と病院嫌いは本物だと思いましたね。自分の生命の安全よりも、治療を拒否することのほうを優先したんです。まさに命懸けだと、わたしも恐ろしくなりましたよ」

野口副院長は、参ったというように溜息を洩らした。

「そうですか」

丸目の質問は、そこで途切れた。

「先生、大町さんは薬を服用することなら、平気だというお話でしたね」

夜明は間隙（かんげき）をついて、副院長のほうへ膝を向けた。

「薬は実際に、使用していたようですからね」

野口副院長は答えた。

「たとえば、睡眠薬なんていうのはいかがです。大町さんは先生に、睡眠薬が欲しいとお願いしたんじゃないんですか」

夜明の大きな目に、期待する熱っぽさが加わった。

「お見通しですね。この半年間、千紗さんが睡眠不足を訴えるので、三度ばかり睡眠薬を与えましたよ」

野口副院長は、驚いたように笑った。

「どういう睡眠薬だったんでしょうか」

「ニトラゼパム系の製剤で、就寝前に経口投与する錠剤です」

「効き目は……」

「もちろん個人差がありますが、たとえば睡眠不足や疲労といったコンディション次第では、かなり強力に作用するでしょう」

「抱き上げられても、目を覚まさないくらいにですか」

「ですから、睡眠不足がずっと続いていたりすれば、意識を失ったように眠り続けるでしょうね」

「何時間、効果があるんです」

「投与後、通常三十分以内に入眠して、六時間から八時間は持続します」

「無味無臭ですか」

「緩衝剤として乳糖が使われているから、甘味は感じるでしょう。ですけど、何かに混ぜたら味も匂いも、わからないんじゃないですか」

「水に、溶けますか」

「エーテルや水には溶けにくいとされていますが、錠剤を粉末状にすりつぶして熱湯に入れれば、溶けたのと変わらなくなるでしょう」

「粉末が浮いて、目に見えたりはしないんですか」

「それだって、白濁した液体の中にかき混ぜてあれば、人間は気がつかないんじゃないですか」

「どうも先生、ありがとうございました」

夜明は思わず、膝にくっつきそうに頭を下げていた。

「いやいや……」

夜明の平身低頭ぶりに呑まれてか、野口副院長は白衣のポケットから両手を抜き取った。

丸目と夜明は、病院を出た。ますます標的が、近くなったようだった。一刻も早く逗子へと気が急(せ)いて、丸目と夜明は駐車場を走った。車に乗り込んでからの丸目と夜明は、またしても口をきかなくなっていた。

孫悟空タクシーは国道や主要道を避けて南下し、最終的には港南台から横浜横須賀道路へはいった。逗子の小坪に到着して、大町邸の門前で急停車したのは、十二時三十分であった。残暑を厳しくさせている太陽が、頭上で輝いていた。

「先月にもお伺いしましたが、愛知県警捜査一課の丸目と申します」

インターホンを通じて、丸目警部補がそう告げた。

「お嬢さまは、お留守でございます」

田代幸子の声が、面と向かっているように大きかった。

「大町千紗さんは、いつどこへ行かれたんです」

丸目は訊いた。

「行き先は、横浜とのことでした。お出かけになったのは、いまから二時間ほど前でございます」

田代幸子の答え方には屈託がなく、刑事の訪問への不安も感じられなかった。

「横浜の野口夫人から電話があって、急に出かけたんじゃないんですか」

丸目の質問は、単刀直入であった。

「はい、そのようでした」

田代幸子は、事実を正直に認めた。

丸目が野口副院長に、品川の山手ホテルから連絡をとったのは、午前十時ごろだった。野口副院長は、これから千紗のことで警察がくると、妻に知らせる。

野口夫人はすぐさま、電話で千紗にご注進に及ぶ。千紗は詳しい話を聞きたいからと、急いで支度をして横浜へ向かう。それが午前十時半ごろで、いまから二時間前になるのである。

「でしたら恐れ入りますが、電話を拝借したいんですが……」

丸目は池上刑事に、目で合図を送った。

千紗が留守の場合は、そのようにすると打ち合わせずみだったのだ。田代幸子が、門のところまで出てくる。そのときは、夜明と律子が塀のかげに隠れる。丸目は、門から離れずにいる。

池上刑事だけが電話を借りに、田代幸子と一緒に家の中へはいる。池上刑事が電話を借りるのは、嘘でも芝居でもない。蒲郡署の捜査本部に、登記所の捜査結果を問い合わせるのだった。

田代幸子が、姿を現わした。夜明と律子は、タクシーと塀のあいだに引っ込んだ。門の扉が、開かれる。田代幸子が池上刑事を案内して、玄関のほうへ去っていった。

二人の後ろ姿が消えるのを待って、夜明は小日向律子に歩くことを促した。夜明、律子、それに丸目の三人は、門の中へはいって砂利道を進む。間もなく、庭園へ通じる藤棚との分岐点にさしかかる。

足をとめて、夜明は庭園を指さした。

藤棚の向こうに、庭園の一部が見えている。遠くの松林まで芝生の緑が広がり、中間あたりに円形のプールがあった。それを囲んで約二十本のビロウ樹が、地上に影を落としていた。

一昨日、夜明がここに立って、眺めた景色だった。そのとき、夜明は何か引っかかるものを感じた。いまの夜明には、それがはっきりと読めている。おやっと思うような疑問は、実はビロウ樹にあったのである。

「先生、あのビロウ樹をよく見てください」

夜明は言った。

「はい」

化学実験を観察するような目で、律子はビロウ樹を見守った。

「盛岡で先生が聞かせてくれた話なんですが、それをもう一度しっかりと思い出してくださいよ」

「はい」

「八月十六日の朝のことですが、六時に目を覚ますと隣りのベッドに千紗さんの姿がなかったので、先生も起き出すことになったんですよね」

「先生は、着替えをすませて、寝室を出ました」

「ええ」

「そのあと、階段の途中の円形の窓から先生は、すがすがしい朝の庭園を眺めたんでしたね」

「ええ」

「先生はそのときの庭の情景を、われわれに詳しく話してくれました」

「ええ」

「その情景の説明の中で、先生はこう言われたんですよ。二十本からのビロウ樹が縞模様の影を投げかけていたが、そのうちの一本のビロウ樹がやや傾いて、風に揺れるとわたしを招くように動いたって……」

「はい」

「間違いありませんか」

「確かな記憶があります」

「じゃあ、この二十本のビロウ樹を、改めて見てください。いま目の前にあるビロウ樹の中に、一本でも傾いているのがありますかね」

「あら……。そういえば、違うみたい」

「ビロウ樹は残らず、垂直に立っています」

「不思議！　あのときは正面に位置している一本だけが、手前つまりプールの方角へ傾いていました。倒れかかっているっていう感じではなく、成長する過程で斜めに伸びてしまったみたいに、六十度ぐらい傾いていたんです。おかしいわ」

「枯れてもいないのに、同じ高さのビロウ樹と、それもこの一ヵ月のうちに植え替えたなんて、そんなことも考えられませんしね」

「錯覚だなんて、あり得ないわ。一本が傾いていたことには、絶対に間違いありません」

ムキになって抗弁するように、律子は両手を打ち振った。

「多分、先生の目のほうが確かでしょう」

夜明は音を立てて、のど飴を嚙み砕いた。

5

孫悟空タクシーは逗子をあとに、東名高速の厚木インターへ向かっていた。

小日向律子が、助手席に乗っている。丸目警部補と池上刑事は、後部座席で黙然たる姿勢を保っていた。丸目は、何かを祈るように目を閉じている。目をあけるのは、タバコを吸うときだけだった。

池上刑事は、無表情でいる。いや、そう見えるが、どことなく怒ったような顔つきであった。小日向律子の横顔も、寒さに耐えているように硬ばっていた。

それぞれの思惑がそれぞれの的へ、集中されていることは確かである。そのための沈黙が、狭い車内の空気を凍りつかせている。夜明日出夫の頭の中には、大町千紗のことしかなかった。

あの最高のレディーがと思うと、寒気が全身に伝わっていく。人間というものは、まったくわからない。あれほどすべての点で恵まれている大町千紗にも、過去の汚点ともいえる十字架があったのだ。

夜明にはそれが、奇妙なことのように受け取れる。地上を覆った真っ白な雪のうえに、ひとつだけ土足の跡が残っているのを、見つけたときのような心境であった。運命の恐ろしさみたいなものが、夜明を戦慄させるのである。

東名高速に、はいった。何か話をしなければならないと、夜明は雑念を追い払った。このままだと、大声で叫びたくなる。出るところまでスピードを出して、狂ったように車を走らせたくなる。

「先生……」

夜明は、サングラスを押し上げた。

「は、はい」

なぜか小日向律子は、ハッとなったようだった。

「妙なことを、お訊きしますがね」

夜明の低い声が、喉の奥でかすれた。

「はい」

助手席の小日向律子が、夜明のほうへ顔を向けた。

「その前に、シートベルトをお願いしますよ」

夜明は、苦笑した。

「ああ、そうでした」

小日向律子はあわてて、シートベルトを締めにかかった。

「先生は千紗さんと、何度かプールで泳ぎましたね」

「ええ」

「あたり前なことですが、千紗さんは水着姿になるでしょう」

「ええ」

「千紗さんは家の中でも、水着姿でいたことがあったそうですね」

「ええ」

「そうなると先生は何度となく、千紗さんの水着姿を見ているわけですね」

「そういうことになります」

「そこで先生は、千紗さんが太腿に何かを貼っているのに、気づいたことはありませんか」

「そんなことを、どうしてご存じなんですか」

「ということは、やっぱり貼りつけていたという答えなんですね」

「ええ、バンドエイドみたいなものでしたけど……」

「パッド付き絆創膏(ばんそうこう)ってやつですね」

「肌色ですから、ちょっと見にはわかりませんけど、わたしは気がつきました。いつも千紗さんが、それを貼っているもんですから、目についたんです」

「どうしてそんなものを貼っているのか、千紗さんは何か言いませんでしたか」

「爪を立ててしまったんだって、千紗さんから聞かされました。爪を伸ばしている女性には、よくあることなんです。でも、それにしても肌色の絆創膏がいつまでも取れないんで、よっぽど深く爪を立てたんだなって思ったことがあります」

「大きさは、どのくらいでした」

「そうですねえ、五センチ四方ぐらいでしたか」

「位置は、どのあたりです」

「左の太腿の内側でした」

「内腿ね」

「それもずっと、うえのほうって言えばいいんでしょうか」

「つまり、腿の付け根に近いところなんでしょう」

「そうなんです。それで肌色の絆創膏なんですから、ほとんどわかりません。野口夫人も島崎夫人も、気がつかなかったようでした」

「そうですか」

「爪を立てた傷では、なかったんでしょうか」

「ええ、あるものを隠すために貼っていたんですよ」

「あるものって……？」

「入れ墨です」

「嘘！」

「間違いありません」

「千紗さんが、入れ墨だなんて、あり得ないことです」

「多分、フランス人の男の名前で、そのイニシアルでしょう」

「まさか……」

小日向律子は、息を呑んだ。

「そのまさかが、人生には付きものでしてね」

夜明は追越車線へ出て、猛スピードで突っ走った。

小日向律子は、まだ夜明を見つめている。この男は狂ったのかというように、呆然となっていた。信じられないのも、無理はない。夜明さえもいまのいままで、間違いないと断じながら半分は、夢の中の出来事のように思っていたのだ。

だが、もうそうはいかない。千紗が左腿の付け根の近くに、ずっと肌色の絆創膏を貼っていたという事実を、知ってしまったのである。千紗の入れ墨というものを、もはや信ずるほかはないのであった。

「もう少し詳しいことを、聞かせていただけませんか。わたしはいったい、何をしたんでしょうか」

小日向律子は、顔を夜明に近づけた。

「先生は、何もしちゃあいませんよ。ただ千紗さんに、利用されただけです」

十台ほど追い抜いたところで、夜明は車を走行車線に戻した。

「利用されたって、どんなことに利用されたんですか」

律子は、唇を震わせていた。

「千紗さんのアリバイの証人に、先生はさせられちゃったんですよ」

どうしてこんなに空が青いんだと、夜明は腹が立った。

「アリバイの証人ということで、わたしは事実しか申し上げていませんけど……」

「だから、うまく利用されたってことになるんです。いいですか先生、まず八月十二日から始まるんです」

「八月十二日って、わたしが逗子についた翌日ですね」

「そう。その日、逗子の周辺、葉山、江の島、鎌倉と千紗さんは一日中、先生を引っ張り回しましたね。先生は疲れたけど一種の興奮状態にあって、夜も十一時まで起きていたんでしょ」

「はい」

「翌日も同じようなもので、千紗さんは先生を横浜へ連れていった。横浜中を引っ張り回して、観光船にまで乗せたんでしょう。帰りが夜になるから、先生はまた遅くまで起きていた」

「はい」

「よその家に滞在している客の身なんだから、どうしても朝寝坊っていうのができない。それに来光寺の鐘が鳴るんで、先生は朝の六時に起きることになる」

「はい」

「つまり先生をこの二日間、あっちこっちと引っ張り回した千紗さんの目的は、先生を疲れさせるのと同時に、睡眠不足にさせることだったんですよ」

「じゃあ、計画的にやったことなんですか」

「そういうことです。次の日、八月十四日にしてもそうでしょう。朝の七時に田代夫婦を見送ったあと犬を連れてあの付近を散歩、戻って来てからはプールで遊び、午後二時には野口夫妻と島崎夫妻が来訪と続く」

「そのあとはずっと、ポーカーに夢中になって……」

「千紗さんが泊まっていくようにとすすめて、両夫妻を承知させた。そのために、次の日の午前四時までポーカーを続けることになった。先生の睡眠時間は、またもや五時間たらず。八月十五日は午前十時に起きて、千紗さんと先生は昼食の支度に取りかかったんでしょ」

「そうでした」

「午後はプールで遊んだあと、午後三時からまたしてもポーカー。ポーカーは、夜の九時まで続けられた。楽しいうえに気が張っているので、先生は居眠りさえしなかった。ですがね、連日の疲労と睡眠不足が蓄積されて、先生の身体は最低のコンディションにあったんですよ」

「いまから考えてみると、きっとそうだったんでしょうね」

「それで千紗さんの目的は、遂げられたってことになるんです」

「千紗さんは何のために三日も四日もかけて、わたしを疲れさせたり睡眠不足にさせたりしたんですか」

「先生を前後不覚に、まるで意識を失ったように、深く眠らせるためです」

「前後不覚に……」

「推理小説なんかでは、睡眠薬が安易に使われますがね。ただ睡眠薬を飲ませたからって、そう簡単に入眠したり前後不覚に眠ったりとは、いかないもんなんですよ。千紗さんはその点を考えて、先生の身体をダウン寸前の状態まで、持っていったんです」

「あの晩のわたしは、睡眠薬なんて使わなくたってバタンキューで、前後不覚に眠り込んだかもしれません」

「そうでしょう。それで睡眠薬の効力が倍加して、先生は意識を失ったように眠り続けたんですよ」

「じゃあ、わたしはほんとにあの晩、睡眠薬を飲まされたんですか」

「千紗さんと先生だけが、甘酒を飲みました。その先生の甘酒の中に、ニトラゼパム系の睡眠薬がはいっていたんです」

「甘酒の中に……」

「千紗さんは野口医師から、ニトラゼパム系の強力な睡眠薬をもらっています。この睡眠薬は砕いて粉末にしても、熱湯でなければなかなか溶けない。それに、緩衝剤の甘味が消えない。それから、浮遊物が漂う恐れもある」

「それで、甘酒にしたんですか」

「甘酒なら熱湯も同じ、甘味があって当然、濁っているから何か浮いていても気がつかない。甘酒は、最適です」

「わたしが、甘酒を飲み終えたのは、九時五十分ごろでした」

「そこで野口夫妻と島崎夫妻は、立ち上がって玄関へ向かった」

「ええ。千紗さんとわたしは門のところで、二台の車をお見送りしました。門と玄関の戸締まりをすませて、家の中に戻ったのが十時でした。わたし、そのころにはもう眠くて眠くて……」

「ニトラゼパム系の睡眠薬は通常、十五分から四十五分で眠りに誘い込むそうですよ。だから睡眠薬も、効き始めたんでしょう」

「千紗さんも疲れたってことで、片付けやお風呂は明日にしようって、二人はすぐに寝室へはいりました。千紗さんはネグリジェ、わたしはパジャマに着替えて、同時にベッドに横になったんです」

「ベッド・ライトは、先生が消した。そのとき時計を見たら、十時二十分だった」

「闇の中で千紗さんが、おやすみって言いました。おやすみなさいって、わたしも応じて目をつぶりました。とたんに、眠りに引き込まれたようです。あとは起こされるまで、何もわかりません」

「そんなふうに、先生が前後不覚に眠り込んだことを見定めたうえで、千紗さんは素早く起き出したんです」

「起き出して、何をしたんですか」

「まずは、洋服に着替える。それから、先生を抱き上げて運び出す」

「わたしは体重がなくて、軽いでしょうから……」

「そう。それに、千紗さんにしても必死だ。人間、いざというときは信じられないような大力が、出るもんなんです」

「わたしを運んだ先は、どこだったんでしょうか」

「ベンツのほうが大型なんで、おそらくそっちを選んだでしょうが、要するに車の中へ運んだんですよ。先生はパジャマ姿のままで、ベンツの後部座席にそっと寝かされました。ほかに二羽の文鳥が鳥籠ごと、先生の近くの床に固定されていたはずです」

「文鳥もですか」

「二匹のドーベルマンも、助手席とその下の床にすわっていた」

「ドーベルマンまで……」

「荷物は、着替えと九州ラーメンぐらいのもんでしょう。それで、出発だ」

「何がどうなっているのか、もうわたしにはわかりません」

「先生は目的地につくまで、何も知らずに眠っていた」

「目的地って、どこですか」

「愛知県の蒲郡市」

「そんな遠くへ……」

「別に、遠くはない。この車がいま走って来たのと同じコースを走れば、逗子の大町邸から蒲郡まで三時間半で行けますよ。大町邸を出発したのが十一時だったとして、午前二時三十分には蒲郡につきます」

「蒲郡について、何をしたんですか」

恐ろしい目に遭わされるのを予知したように、小日向律子はいまにも泣き出しそうになっていた。

「蒲郡市の形原にある料理屋『千代田』の裏手に回り、高月静香さんの住まいの玄関前に車を停めた。時間は、午前三時ごろだった。千紗さんの訪問を待っていた高月さんは、さっさとドアをあけて、お客を家の中へ招じ入れた。千紗さんは用意の凶器を取り出して、背後から高月さんに襲いかかった。千紗さんは、高月さんを撲殺した」

夜明は荒々しく、サングラスをはずした。

「そのとき、わたしはどこでどうしていたんです」

血の気が引いた顔で、小日向律子は首を左右に振り動かした。

「先生は、玄関の前に停めてある車の中で、ぐっすりとおやすみだった」

夜明の表情に、怒りの色が漲（みなぎ）っていた。

「いや！　そんなの、いや！」

小日向律子は、両手で耳を塞いだ。

殺人が行われているそのすぐ近くで、何も知らずに自分は眠っていたということが、いまの律子の恐怖になっているのである。そんな恐怖だけですむならまだ軽いもんだ、こちとらはあの千紗が殺人犯だって話をしているんだぜ、何とも気に入らない人生だと、夜明の胸の中には怒りの声が湧き上がっていた。

6

大町千紗は、高月静香の住まいを訪れてリビングへ足を踏み入れたとたんに、犯行に及んでいる。家の中にはいって、おそらく七、八分以内に千紗は玄関の外へ出たことだろう。

車の中では、何事もなく小日向律子が眠り続けている。二匹のドーベルマンも命令どおり、おとなしく主人の戻ってくるのを待っていた。カバーをかぶせた鳥籠の中で、二羽の文鳥はコソッとも音を立てない。

千紗は車を運転して、蒲郡市内の某所へ向かう。そこには、もうひとつの大町邸がある。二十分後には、もうひとつの大町邸についたものと思われる。午前三時半である。

千紗は律子を持ち上げて、二階の寝室のベッドへ運ぶ。二頭のドーベルマンを、犬小舎に連れ込む。鳥籠をリビングの所定の位置に吊るす。千紗は、逗子から持参した同じネグリジェに、着替える。

時間は、午前四時になっている。千紗は律子を起こしにかかる。律子は、六時間近く熟睡した。ニトラゼパム系の睡眠薬の持続時間は、六時間から八時間となっている。

まだ完全には、薬が醒めていない。しかし、激しく揺り起こされれば律子も、深い眠りから浮上することになる。そこで昨夜の定時連絡を忘れていると千紗に言われて、思考力も鈍っている律子はあわてて盛岡の家に電話を入れる。

律子の母親が、電話に出る。午前四時の電話というのは、非常識である。だが、定時連絡を怠れば直ちに盛岡へ呼び戻す、という父親の厳命があった。それを恐れて、時間構わず電話をかけたということは、決して不自然ではなかった。

先方からかかった電話に出れば、その人間の居場所というものは明白である。しかし、電話をかけたほうの人間の居場所が、先方にわかることはない。電話とは、そういうものなのだ。

律子は当然、逗子の大町邸の二階の寝室にいるつもりで、母親と言葉を交わした。その電話には千紗も出て、昨夜のうちの定時連絡を忘れたことの弁解に努めた。

これもまた当然のことながら、律子の母親も娘と千紗が逗子の家から電話をかけているものと、決めてかかる。そのうえ律子の母親は、電話がかかった時間を自分の目で確かめている。

その結果、律子の母親までが『八月十六日の午前四時に、娘と千紗が逗子から電話をかけてよこした』と、千紗のアリバイの証人になる。もっとも、このときの千紗の小細工の目的は、律子の母親をアリバイの証人とすることにあったわけではない。

千紗の狙いはあくまで、『八月十六日の午前四時に、逗子の家から盛岡の母親に電話をかけた』と、律子に思い込ませることだったのだ。律子の母親は、その相手役にすぎなかった。

この午前四時の電話がなければ、律子は朝まで眠り続ける。前夜の十時二十分から、仮に翌朝の六時まで律子は眠ったとする。そうなると千紗にとっては、律子という証人が存在しない空白の時間が、七時間四十分も生じてしまう。

七時間四十分あれば、犯行時間も含めたうえで逗子・蒲郡間を、往復することが可能になる。警察はもちろん、律子が逗子の大町邸で睡眠中に、千紗は行動したという見方をするだろう。つまり、千紗のアリバイは、絶対ではなくなるのだ。

ところが、午前四時に逗子の大町邸から盛岡へ電話を入れた、という律子の証言があれば、様相は一変するのである。午前四時に千紗と律子は逗子の大町邸にいて、盛岡への電話に二人そろって出ている。律子が前夜の十時二十分に眠りに落ちてから、五時間四十分しかたっていない。

五時間四十分では、逗子・蒲郡間を往復することすらできない。まして、蒲郡での犯行後わずか一時間で、逗子に帰りつくといったことは到底不可能である。

そういうことで、千紗には完璧なアリバイが成立する。したがって、午前四時の電話という巧妙な策略こそ、千紗のアリバイ・トリックの要だったのだ。

その盛岡への電話が終わって、律子はついでにとトイレへ足を運んだ。トイレから戻ると、再びベッドにはいった。あっという間に意識が遠のいたが、頭痛のせいか律子の眠りは浅かった。

ウトウトしていた律子の聴覚は、やがて鐘の音を捉えていた。ここ四、五日、耳にしているいつもの鐘の音であった。来光寺の鐘であり、朝の六時を告げている。

律子の頭は重く、なおもポーッとしていた。まだ、眠くて仕方がない。だが、千紗の姿は見当たらないし、六時となれば起きたほうがいい。律子は着替えをして、二階の寝室を出た。

階下の居間と接しているバルコニーで、おはようと鳥籠の中の文鳥に声をかけた。千紗は庭でゴルフのクラブを振っていて、そばに二匹のドーベルマンがすわっていた。

千紗と律子は朝の挨拶を交わし、とりあえずラーメンを食べようという話になった。そのとき千紗は、九州ラーメンが大好物だなどと嘘をついている。

律子は千紗にすすめられて、昨夜は省いた風呂にはいることにした。朝風呂の心地よさに、律子は居眠りをして湯の中に沈みそうになった。律子が浴室にいるあいだに、千紗はトンコツ・スープの九州ラーメンを作り上げた。

千紗と律子は、食堂でラーメンを食べた。食後は、リビングへ移った。律子は千紗を真似た水着にビーチ・ウェアという格好で、大きくてふかふかしたソファに腰を沈めた。千紗が、ピアノを弾き始めた。

寝不足、湯上がり、満腹と条件がそろっている。それにピアノの旋律が、子守歌の役目を果たす。眺めているモード雑誌が、ぼやけてくる。

まだ朝の八時なのだからと、律子は自制しようとした。しかし、強烈な睡魔に打ち勝てず、律子の身体はソファに横たわっていた。現実が消えて、律子は熟睡した。

「先生が、蒲郡のもうひとつの大町邸にいたのは、そのときまでなんですよ」

夜明は、のど飴を口に入れた。

東名高速を、すでに二時間も走っている。たったいま、浜松を通過した。あと三十分で、東名高速を出ることになる。

「ですけど、わたしは来光寺の鐘を聞いて、六時に起きたんです」

かなり落ち着いて来たようだが、小日向律子の顔色はまだ悪かった。

「鐘の音なんて、どうにでもなりますよ。本物の来光寺の鐘をテープに録音しておいて、あの朝六時に適当な位置から先生に聞かせればいいんです。千紗さんは当然、どこにテープを置けば本物らしい大きさに聞こえるか、何度もテストしたんでしょうよ」

「それで、千紗さんが大好物だって嘘をついて、九州ラーメンを作ったのも……」

「九州ラーメンのトンコツ・スープは、白く濁っている。それを煮立てる、甘味なんて消えちまう、浮遊物があっても目につかない。甘酒と、まったく同じだ。先生が入浴中に、千紗さんはラーメンを作った。千紗さんは先生のラーメンに、粉末にしたニトラゼパム系の睡眠薬を多めに入れたんです」

「ほかにも眠る条件がそろっていたんで、わたしはまた前後不覚の睡眠状態になったんですね」

「あとは前の晩と同じで、千紗さんは正体を失っている先生を運んで、ベンツの後部座席に寝かせる。鳥籠とそれから、二匹のドーベルマンを乗せる。千紗さんが運転するベンツは、蒲郡の大町邸をあとにする。夜中じゃないんで四時間以上かかったとしても、午後一時には逗子の大町邸にご到着ですよ」

「それから……？」

「逗子の大町邸の居間に先生を運んで、ソファに寝かせる。先生の身体のうえに薄掛けを広げて、枕代わりにクッションをあてがって、千紗さんは庭のプール・サイドでのんびりとする。あとは先生が、自然に目を覚ますのを待てばいい」

「わたしが目を覚ましたのは午後の二時、六時間も眠ったのに頭がすっきりしなかったのは、睡眠薬のせいでしょうか」

「それでも、先生の身体は元気を回復していた。だから先生は起きてすぐに庭へ飛び出したり、ビーチ・ウェアを脱ぎ捨ててプールへ飛び込んだりできたんですよ」

「それから間もなく、野口夫人から電話がありました」

「そこは逗子の大町邸なんで、野口夫人からの電話が通じるのは当たり前だ。千紗さんはその電話にも先生を出して、二人そろってちゃんと逗子にいるってことを、野口夫人に印象づけている。これで、すべてだ。翌日には田代夫婦が、福島県から帰ってくる。そのまた次の日には、先生も大町邸を去ることになる。千紗さんは、これまでどおりの千紗さんに戻る」

「いままでの夜明さんのお話って、何から何まで真実なんですか。そうだろうって、単なる推理なんでしょ」

「ひどいな、先生。わたしに、これだけ喋らせておいて……」

「わたしにはまだ、逗子の大町邸と蒲郡のもうひとつの大町邸っていうのが、どうにも理解のしようがないんです」

「逗子の大町邸の庭のビロウ樹は、二十本とも真っ直ぐに伸びている。ところが、八月十六日の朝、先生が二階からの階段の途中で窓の外を眺めたときは、ビロウ樹の一本がやや傾いてお辞儀をしていた。それだけだって、逗子の大町邸とは違っているって、はっきりするじゃないですか」

「それは、確かなんです。でも、だからって大町邸がほかにもあるなんて、わたしにはどうしても思えないんです。わたしがいたところは、間違いなく逗子の大町邸だったんですから……」

「先生、さっき池上刑事はその逗子の大町邸で電話を借りて、問い合わせたことが二つあった。その二つの答えっていうのを、聞いてみちゃあどうです」

夜明はサングラスをかけようとして、その耳に掛かる部分で目をつっ突いていた。苛立っている証拠だった。

「頭が混乱しちゃって……」

律子は頭痛に耐えるように、二本の指の先を額に押しつけた。

「池上の旦那、先生に教えてやってくださいよ」

夜明はのけぞって、池上刑事に声をかけた。

「わかりました」

池上刑事が、上体を起こした。

「第一の問い合わせ先は、葉山の臨海亭というレストランです。臨海亭では八月十五日の夕方、大町宅から大皿三枚に盛り分けた特製サンドイッチをという注文を受け、指定された時間に届けました。翌十六日の午後十時ごろ、大皿三枚とステンレス製の上蓋三つを受け取りに出向いたが、庭園用のインターホンの応答もなく、ポストの朝刊もそのままになっているので、大町宅は留守とわかり引き揚げました。なお、同じ十六日の午後四時に二人分の洋風会席弁当の注文が、大町宅からあったので七時に届けました」

池上刑事の喋り方は、稚拙な作文朗読に似ていた。

「まさか翌日に臨海亭から、器を取りにくるとは思わなかった。千紗さんの唯一の誤算、たったひとつの手落ちだったな」

夜明は残念そうに、舌打ちをするような口つきをした。

「次に第二の問い合わせですが、これは捜査本部が法務局支局で登記簿を調べた結果です。大町千紗名義の土地が、蒲郡市竹島町にありました。これは遺産相続で、大町千紗所有の登記変更となっています。それから今年の四月に、その土地に建てられた住宅が、大町千紗の名義で登記されました。以上です」

誰かが聞いていようといまいと、一向に構わないというように、池上刑事は無表情であった。

「先生、これで蒲郡市に千紗さんの土地と住宅があるってことは、呑み込めたでしょうよ。それがつまり、蒲郡のもうひとつの大町邸ってわけでね」

まだ口の中に残っているのに、夜明は新たにのど飴をしゃぶった。

「初めてですけど、いったいどんなところから、そんな想像が生まれたんですか。逗子と蒲郡の両方に、大町邸があるんじゃないかって……」

恐ろしいものでも見るような目を、律子は夜明の横顔へ向けていた。

「そんなのは、簡単だ。逗子と蒲郡が、あまりにもよく似ているってことに、気がついたからですよ」

夜明は答えた。

「よく似ているって、人間の顔でもないのに……」

今度は夜明を気味悪がってか、律子は寒そうに肩を震わせた。

「逗子も蒲郡も、海に面している。目の前には、青い空と海が広がっている。マリン・スポーツがさかんで、夏になると若者たちが押し寄せてくる。ヨットハーバーもある。ウインドサーフィンやヨットの帆が、視界を埋めることにもなる。松林とはいかなくても、松の木はいくらでも茂っている。潮風、海の匂い、雰囲気も一緒だ。それに、飛行機の爆音が聞こえるってところまで、逗子と蒲郡はそっくりと来ている」

夜明はのど飴で、片方の頬をふくらませた。

「ですけど、四方の遠景まで眺めれば、違いは簡単にわかるでしょ」

律子は、ささやかな反論を試みた。

「そうさせないように、状況を設定すればいい。蒲郡の大町邸の正面に見える景色を工夫したうえ、そこに先生を長居させまいとか、千紗さんはちゃんと計算ずみだったはずだ。まあ、行けばわかる」

夜明はようやく、ニヤリとした。

音羽蒲郡で、東名高速を出た。西南へのオレンジロードにはいり、二つのトンネルを抜ける。秋風が立って、海辺のリゾート地は交通量も減っている。どことなくこの土地も、落ち着きを取り戻したように感じられた。

市街地の中心部を、南へ通過した。あとは、池上刑事の案内で走る。眼前が、海だった。海岸通りへ出てしまえば、右手に竹島とそれに架かる竹島橋、左手にヨットハーバーが見える。

だが、海岸通りまでは行かずに、その手前を東へ向かう。そこはもう、竹島町であった。松林に覆われた丘陵の頂上に、蒲郡プリンスホテルがある。同じ丘陵の南東の斜面へ、行きどまりになる道路が延びている。

その道路へはいるようにと、池上刑事が指さした。左へハンドルを切ったタクシーの前に、松林の中から飛び出して来た二人の男が立ち塞がった。停車を命じた二人の男は、私服刑事に決まっている。

丸目警部補が窓から顔を出して、二人の刑事と短く話し合った。刑事たちは、松林の中に戻った。夜明は、アクセルを踏んだ。孫悟空タクシーは、ゆっくりと坂道をのぼっていく。

「捜査本部ではわれわれの報告待ちということで、いまのところこの邸宅の監視態勢だけを敷いているそうだ。しかし、敷地内にベンツが一台、停めてあるのが確認されたらしい」

丸目警部補が、夜明の肩に顎をのせるようにして言った。

当然、千紗のベンツである。千紗の行き先は、横浜などではなかった。ここを目的地として、千紗は逗子の大町邸を出たのだった。千紗がいま、この屋敷内にいる。夜明は、唇をきつく結んだ。

7

坂道が行きどまりになって、右側に門があった。停まった車の中で、四人とも啞然となっていた。丹波石の門柱の高さ、鉄柵の門扉の幅、通用口の位置、その奥に見える砂利道、ポーチ付きの玄関、ガレージ、植木の種類と数と配置、建物の外壁に使われている大理石やその他の資材、窓の形、色彩と何から何まで、逗子の大町邸とそっくり同じだったのである。

ここまで徹底しているとは、夜明も予測していなかった。眺めていると、逗子の大町邸の門前だと、錯覚しそうであった。いや、錯覚とはいえないだろう。

逗子と蒲郡の違いがあるだけで、庭の景色も地形も距離も建物も、すべて同じものができあがっているのだ。計測すれば多少の相違点は見つかるだろうが、眺めている人間の目にはわからない。

われに返って、四人は車から降り立った。しかし、池上刑事と律子はまだキツネに摘まれたような顔で、あたりを見回したり振り仰いだりしている。通用口の扉が、半ば開いていた。

丸目警部補を先頭に、通用口から敷地内へはいった。北側一帯が、松林に覆われた丘陵の斜面になっている。振り返った西側も、同じであった。その辺の景観は、逗子の大町邸の周囲とはっきり違っていた。

玄関への砂利道へ出て、四人は足早に歩いた。ガレージに、ベンツが納まっている。右側に庭園へ通じる道があり、藤棚の下を抜けていた。藤棚の向こうに、ビロウ樹が何本か見えている。

ポーチに、近づいた。いまにも田代夫婦が、姿を現わしそうだった。だが、玄関のドアが開いて、田代夫婦の代わりに三人の若い男女が出て来た。若い男女は、夜明たちに気づいて驚いた。

三人とも服装や髪型から、イカレた男女という印象を与えた。若者が集まる街とかリゾート地とかを、肩で風を切って闊歩する与太者と察していいだろう。いずれも、知らない顔である。

「この野郎、何しに来やがった！」

「他人の家に、無断ではいり込んでいいのかよ！」

二人の若い男が、凄みを利かせた。

「あっちへ行きな、坊や。おれたち、気が立っているんだ」

詰め寄る男を、夜明は押しのけた。

「野郎、ふざけやがって！」

二人の男が、殴りかかって来た。

夜明は、無造作にそれを躱した。一方の若者の首筋を空手チョップで一撃し、ほとんど同時にもうひとりを腰車にかけて投げ飛ばした。ついでに夜明は、石を拾ってぶつけようとする若い女の頰に、平手打ちを喰らわせた。

地上に倒れた三人は、あんぐりと口をあけて夜明を見上げた。その目の前に、池上刑事が警察手帳を示した。愕然となった若者たちは這いずって逃げ出し、途中で立ち上がって門のほうへ走り去った。

「あら、いらっしゃいませ」

華やいだ女の声が、玄関の奥から聞こえた。

夜明たちは、玄関の中へはいった。正面のロビーに、大町千紗が立っていた。引きずるように裾が長く、真っ白な絹のドレッシング・ガウンを、千紗はまとっている。優美なうえに、性的魅力を強調するようなドレッシング・ガウンだ。

輝くように、千紗は美しかった。少しも、悪びれるところがない。何をも、恐れていないようであった。目が、キラキラしている。しかも、千紗は神秘的にチャーミングな笑顔でいた。

「いまの連中を、用心棒に雇ったんですか」

まぶしさをはね返して、夜明は千紗を見据えた。

「用心棒だなんて、そんなことはありませんわ。ただ、塀の外から覗かれているような気配でしたので、変な人がはいって来たら追い払ってとは、あの人たちに頼んでおきましたけど……」

千紗の表情は、曇ることがなかった。

「われわれも、変な人なんですね」

「いいえ、そんなことはございませんわ」

「連中は、この土地の者ですか」

「逗子から、一緒ですの。逗子でわたくしの車を停めて、このベンツでドライブしたいって、強引に乗り込んで来ましたのよ」

「お嬢さんは、それを許したんですか」

「わたくしもひとりでしたし、賑やかなほうがいいだろうと思って、ここへ連れて来ましたわ」

「連中、逃げちゃいましたよ」

「可哀想に……。あの人たち、食料品を買ってくるからって、出かけるところでしたのよ。これからどうやって、逗子まで帰るのかしら」

「お嬢さん、そんな余計な心配をしているときですかね。塀の外から覗いているのは、高月静香殺しの捜査本部の刑事なんですよ」

「あら、そうでしたの」

「われわれがここへくることも、察しがついていたんでしょう」

「やがては、お見えになるだろうって、思っておりました。でも、わたくしの予想よりも、ずっと早かったことに感心いたしました。それに、律子さんまでご一緒だったのには、わたくし驚きましたわ」

「このもうひとつの大町邸の存在が知れてしまったからには、残念ですがどうにもなりませんね。お嬢さんの道楽も、これでおしまいです」

「道楽ですって？」

「そう。ひとりの人間を殺すために、何億円という費用を投げ出して、半年がかりで多くの人手を使い、豪華な庭園付きの大邸宅を建てたんですからね。わたしなんかには、大金持ちの道楽としか思えませんよ」

「道楽とは、おもしろいことをおっしゃいますのね」

千紗は夜明に、艶然と笑いかけた。

「道楽ではないにしろ、それに近いものでしょう」

千紗の笑顔に引き込まれそうになり、夜明はサングラスの奥で目を閉じていた。

「とにかく、お上がりくださいませ」

ドレッシング・ガウンの裾を翻して、千紗は後ろ姿になった。

通されたところは、大広間のリビングだった。夜明たちは一様に室内を見渡し、それから庭園へ視線を投げかけた。やはりここは、逗子の大町邸のリビングだと思いたくなる。同じ造りである。

シャンデリアの形、壁の額絵、絨毯の色、ソファなど家具調度品の配置、クリーム色のグランド・ピアノ、ホーム・バー、あちこちに置かれているフロア・スタンドと、すべて変わらない。

庭園は芝生に覆われ、遠くの三方をみごとな松林が囲んでいた。松以外の庭木にも、それぞれ見覚えがあった。左手には、ゴルフの練習用のネットがある。右寄りに円形のプールがあり、二十本からのビロウ樹が木陰を作っている。

そのプール・サイドには椅子が並び、ビーチ・パラソルの下にテーブルがあった。噴水の水が、銀色に輝いていた。松林の樹間から、青い海が見えた。ヨットの白い帆が、チラチラしている。

しばらくして、二つの相違点があることに夜明は気づいた。ひとつはわかりきっていたことだが、ビロウ樹の一本がやや傾いて伸びている点である。もうひとつは、松林が全体的に景観を違えていることだった。

逗子の大町邸よりも、ここの松のほうが年輪を経ている。そのために、ここの松林には高さがあった。特に左右の松林は、厚く大きく枝を広げて、目隠しの役を果たしていた。松の木の大部分を抜き去って整地するときに、どの方角の松林をどの程度残すかについて、千紗は綿密に指示したのに違いない。

方角によっては松林を目隠しに、利用する必要があったからである。千紗は、何を隠そうとしたのか、それは、逗子と蒲郡との決定的な違いだった。

逗子が面している海は相模湾で、相模湾はそのまま外洋へ広がっている。したがって、逗子の海は水平線が見える。ところが、蒲郡がある三河湾は、渥美半島と知多半島に抱え込まれている。

だから、蒲郡の海には遠くの水平線がない。西には知多半島の先端が突き出ているし、東から南にかけては渥美半島によって遮られることになる。曇天か、遠景が霞むような気候であれば、見えないこともある。

だが、よく晴れている日は渥美半島と知多半島が、陸地となって判然と海を囲む。この違いは、どうすることもできない。誤魔化すことによって、陸の影を消すほかはなかった。それには松林を目隠し代わりにして、渥美半島と知多半島を見えなくする。

そういう舞台装置とすることに、千紗はまんまと成功したのだ。松林の近くまで行かない限り、半島をはっきり見定めることはできない。しかも、庭園の正面は湾口へと、向けられているらしい。

いずれにしても、そういったことは疑ったうえで観察してこそ、初めて読み取れるのだった。ただ漫然と眺めていたのでは、ここは逗子の大町邸の庭園だと完全に騙される。それが、人間の目というものであった。

姿を消していた律子が、リビングに現われた。とても信じられないという目つきだが、どこか憮然とした面持ちでもある。律子は、何度も溜息をついた。

「悪い夢を、見ているような気持ちです。寝室全部、三つの浴室、三つのトイレ、台所、食堂、応接間、階段、廊下、ホール、そのほかの部屋、どこもみんな逗子と同じです。どの部屋の家具調度品、装飾、置き物、時計、カーテンまでそっくりそのままでした」

律子は宙の一点に目を据えて、誰にともなくそう報告した。

律子が目を覚ました状態でここにいたのは、わずか二時間と十五分ぐらいだったのだ。逗子の大町邸との細かい相違点などに、気づくはずはなかった。いま、この大がかりな仕掛けを目のあたりに見て、毒気を抜かれたような律子となったのは、当然のことといえるだろう。

千紗はソファにすわって、謎めいた笑みを浮かべている。虚勢ではなく、ほんとうに楽しそうである。達観したように、さっぱりした顔つきだった。千紗と向かい合いに、丸目警部補と池上刑事が腰をおろした。

「夏木潤平氏は、お嬢さんに何を要求して来たんですか」

ガラス戸越しに庭園と相対したまま、夜明は背中で訊いた。

「選挙のための資金援助を、一億円ほど……」

千紗が、明るい声で答えた。

「見も知らないお嬢さんに、一億円の要求ですか」

夜明は、向き直った。

「生前の静香さんから、あることを条件にわたくしに頼めば、援助を引き受けてくれるだろうと、言われたんだそうですわ」

千紗は少女のように、澄みきった目をしていた。

「あることとは、お嬢さんの入れ墨の秘密を守るっていう話ですね」

グランド・ピアノに沿って、夜明はゆっくりと歩いた。

「ええ」

臆するどころか、千紗は素直にうなずいた。

「恐喝ですか。しかし、一億円ぐらいでしたら、お嬢さんにとっては何でもない金額だったんじゃないんですか」

夜明は、千紗の背後に立った。

「一億円は、問題じゃありませんわ。あの男が、わたくしの秘密を知っているということが許せませんでした。わたくしの自尊心、誇りにかかわることですから……」

千紗の手が無意識にか、左腿の付け根へ移っていた。

「高月静香もお嬢さんに、大金を要求したり脅迫したりしたんですかね」

「いいえ、静香さんの場合はいやがらせでしたのよ」

「いやがらせとは……」

「わたくしの秘密を吹聴して歩こうかなって、そういう話を静香さんはいつも持ち出すんです」

「何のためにですか」

「わたくしの誇りを傷つけて、わたくしを脅えさせて、楽しむためだったんではないでしょうか。わたくしを屈服させること、わたくしが静香さんの前にひれ伏すこと、それが高校のときからの静香さんの夢だったそうですから……」

「絶交しているあいだにも、そういうことがあったんですか」

「一ヵ月に一度の割りで、電話をかけて来ましたわ。あのこと喋るわよって、そう言っただけで切る電話でしたけど……」

「悪い趣味だ、いやがらせ電話魔ってところだ」

「病気に、近かったようです。致命的なわたくしの秘密を握っているというだけで、エクスタシーともいえる優越感を、味わえるんだそうですから……」

「その間にお嬢さんは、この家を建てるという完全犯罪の準備を進めていた」

「わたくし、初めてここの土地を検分したときに、地形もまわりの景色も逗子にそっくり、ほんとによく似ているということで驚きましたの。でしたら、ここに逗子と少しも違わない家を建ててみましょうって、楽しいアイデアを思いつきましたのよ。それが、静香さんに死んでもらおうと心に決めたことから、そのまま時期を早めて進行したんですわ」

「高月静香を殺したのも、やはり誇りの問題ですか」

「ええ。わたくしの自尊心と誇りが、どうしても静香さんを許しませんでした。さきほど夜明さんは、ひとりの人間を殺すために数億円をかけて家を建てるのは、わたくしの道楽だっておっしゃいましたわね」

「言いました」

「わたくし、自分の誇りと自尊心を守るためでしたら、全財産も命も投げ出しますわ。そういう女なんですの」

「お嬢さんが会いに行くと電話で伝えても、真夜中の訪問だということを含めて、高月静香は怪しまなかったんですかね」

「わたくし静香さんに、あなたの前にひれ伏して哀願するために蒲郡へ参ります、ただし大阪からの帰りに寄るので夜中になりますって、そう申しましたの。そうしましたら静香さん大変なご機嫌で、何時だろうとちゃんと待っているわよって……。得意の絶頂にある人には、疑ってかかる余裕もないんでしょうね」

「わたしにも、お嬢さんのことを疑うという心の余裕はなかった」

「わたくしも、夜明さんだけはって思っておりましたわ」

「それが、疑った。疑わなければ、ならなくなったんですよ」

「なぜですの」

「お風呂の中での鼻唄です」

「鼻唄ですって……？」

「高月静香と夏木潤平が死んで、お嬢さんの頭のうえに低く垂れ込めていた雲が消えた。それに、お嬢さんは完璧なアリバイに、自信を持ちすぎた。楽しくて仕方がなくて、お嬢さんは開放的な気分に浮かれましたね。そのためにお嬢さんは〝アリバイの唄〟を作って、それをお風呂の中で口ずさんだ」

「そんなこと、どうしてご存じなんです」

「田代さんが、何度も聞いているんです。四つの歌の歌詞をつなぎ合わせて、お嬢さんは口ずさみましたね」

「ええ」

「赤いリンゴに唇寄せて、バイカルの果てしなき道を……」

「みかんの花が咲いている、ペンギンさんがお散歩していたら空からステッキ落ちてきて、これだけですわ」

「赤いア、リンゴのリ、バイカルのバイ、果てしなきのハ、みかんのカン、ペンギンのペ、ステッキのキ。これを続けるとアリバイハカンペキ、アリバイは完璧となる。こんなアリバイの唄を唄っているとなれば、お嬢さんだろうと疑わざるを得なくなるでしょう」

「たまたま字を拾ったら、そうなった。これは単なる偶然の一致だとまでは、思ってくださらなかったんですのね」

そう言いながら、千紗は屈託ない笑みを浮かべた。

「悲しいことですが、わたしにはまだ刑事のカンってものが残っていましてね」

夜明は、千紗と並んでソファにすわった。

「日出夫さん」

千紗は、ソファの下に手を差し入れた。

「何です」

日出夫さんと呼ばれて、夜明はギクッとなっていた。

「これ、覚えていらっしゃるかしら」

取り出した棒のようなものを、千紗はテーブルのうえに置いた。

テーブルに触れた音から察して、金属に間違いなかった。金色をしているが、ところどころ剥げている。金メッキされた鉄の棒であった。細かい傷も少なくないし、かなり古いものとわかった。

長さは、四十五センチぐらいだろう。一方が、やや太くなっている。そのあたりに、彫刻のような模様が認められた。反対側の端は、小皿の形をしていた。洋風の蠟燭(ろうそく)立てと見てよさそうだった。

「記憶のどこかに、残っているような気がします」

夜明は、頭を撫で回した。

「わたくしが七歳のときに、日出夫さんがどこからかこれを、いただいて来たんです。電気がない時代のピアノの左右に、取り付けてあった蠟燭立てですってね。その話を聞いてわたくしが、これをとても欲しがりましたの。すると日出夫さんが、じゃあ宝物にしたらって、わたくしにこれをくださいました」

千紗は懐かしそうに、古色蒼然たる蠟燭立てを見守った。

「そんなことが、ありましたっけね」

遠い思い出が、夜明の胸のうちを甘酸っぱくさせた。

「そのとき以来、なぜかほんとの宝物のように、わたくしずっとこれを身近に置いておきましたの」

千紗の声が、急に震えを帯びるようになっていた。

「それが、どうかしたんですか」

夜明は、いやな予感がした。

「わたくし、これを凶器に使いましたわ。静香さんを殺すときに、この日出夫さんからの最初で最後のプレゼントだった蠟燭立てを、なぜか凶器として……」

千紗は毅然としていたが、笑いを忘れた顔になっていた。

丸目警部補と池上刑事が同時に、白い手袋をはめた手を蠟燭立てへ伸ばしていた。

夜明は、言葉を失って立ち上がった。ガラスのドアをあけて、バルコニーへ出る。サンダルを引きずるようにして、夜明は芝生のうえを真っ直ぐに歩いた。海は明るいが、地上は間もなく日暮れである。

千紗は、死ぬ気でいる。

逮捕そして連行となる前に、千紗は必ず自殺を遂げる。その準備も、すでに整っている。千紗のことだから、服毒自殺を選ぶだろう。毒物も、用意されている。

誇りと自尊心を守るためには命も捨てる、という千紗の意味が死を予告している。大町千紗の死は、数分後に迫っている。大町千紗を追いつめたのは、夜明だったのかもしれない。そのうえ、いまも千紗の死を未然に防ごうとはしない。

赤いリンゴに唇寄せて
バイカルの果てしなき道を
みかんの花が咲いている
ペンギンさんがお散歩していたら、空からステッキ落ちて来て

夜明日出夫は、即興のメロディーに当てはめながら、小さな声で歌った。

Closing

有栖川有栖

※本編を読了後にお読みください。

夜明日出夫というキャラクターが、どれほど名探偵として使い勝手よく設計されているか、これ一作を読んだだけでお判りいただけたであろう。使い勝手などと砕けた表現をするのは夜明にも作者にも失礼か。

タクシードライバーは機動力に富み、走る密室内で客たちの秘密を耳にすることもある。次にどんな客が乗り込んでくるか予測はできず、自分を呼び止める者の求めに必ず応じ、出会っては別れるのを繰り返す。その職業は佇まいからして、ミステリの名探偵的である。

風貌は、坊主頭でサングラスを愛用していた当時の笹沢左保を連想せずにおれない。作者は自らの分身としてシリーズ探偵・夜明を創り出したと思われる。

本作のわずか二カ月後には『夜明け』、九一年に『昼下り』（文庫版は『昼下がり』）を発表。その後は『夕暮れ』『追越禁止』『一方通行』と続き、最後の『生存する幽霊』が徳間文庫から出たのが二〇〇〇年。夜明ものが書かれたのは作者が佐賀県に移住していた時期にあたるが、同地で佐賀を舞台にした〈取調室〉シリーズ（全四作。探偵役は取調べの神様・水木警部補）も生んでいる。名探偵を起用したシリーズものは作者自身の手応えも充分だったのだ。

第一弾『アリバイの唄』（ドラマ版では第六話）は大胆な作品である。読みどころであるアリバイトリックは、笹沢自身の膨大な旧作の中には原理が似た例がなくはないが、別物のトリックに仕上がっているし、こちらのスケールが格段に大きい。「費用はいくら掛かりました？」と訊きたくなるほどに。犯人にはそれだけの資力があった。

犯人のアリバイを検証したりトリックを見破るヒントを得たりする際、自動車＝タクシーが効果的に使われている。探偵の設定と謎解きの嚙み合わせがよい。

殺人の動機について、「九〇年頃はこれだけのことで……？」と驚かれたかもしれない。横溝正史の『本陣殺人事件』のごとく前時代的ではないか、と。現代と価値観が違っていたとはいえ、まさか普通なら殺人にまで発展はしない。プライドが異様に高い犯人は、自分の弱みを握った者が恐喝してきたこと自体が赦せなかったのだろう。

タイトルにもなっている唄は、謎を解明するためのフェアな手掛かりとは言い難い。しかし、読者を難事件で翻弄するのに加えて、鬼ごっこや隠れんぼを楽しもうとするかのような作者の稚気が感じられる。

この機会に書かせていただこう。

夜明シリーズの第二作から第六作までは、様々な媒体に連載の後、講談社ノベルスで刊行された。綾辻行人の『十角館の殺人』（八七年）を幕開けとした新本格ブームのさなかにあたる。

デビュー時に自ら新本格を標榜した笹沢が、昭和末から始まった新たな新本格と同じレーベルで競演したわけだ。かく言う私もデビュー済みで、九〇年には講談社ノベルスからも本を出していたので、この巡り合わせがとても愉快だったのを覚えている。夜明シリーズが文庫化された時のカバーデザインが、新本格の表紙を一手に引き受けた辰巳四郎によるものであったことも。

Introductionでご紹介した座談会の終わり近くで、森村誠一が「こういう人たちのパワーはすごいです」と活躍中の作家らを挙げている中に綾辻行人も含まれていた。笹沢は「俺は若者は相手にせず、自分が面白く書けることだけ書いていくよ」と新しい新本格に背を向けるかのような言葉を投げているが――。

二〇〇〇年に本格ミステリ作家クラブが設立される際、準備委員らが「笹沢先生のような大家に無視されても仕方あるまい」と思いながらお誘いしたところ、すぐに入会のお返事が届いた。

笹沢さん（ここは敬称を省けない）がご病気で他界なさったのは、その二年後である。新本格作家は誰も笹沢さんと面識を得ていない。しかし、巨星が墜ちる前に二つの新本格はつながっていた。

本作は1993年7月刊の講談社文庫版を底本といたしました。作品はフィクションであり実在の個人・団体などとは一切関係がありません。

なお、本作品中に今日では好ましくない表現がありますが、著者が故人であること、および作品の時代背景を考慮し、そのままといたしました。なにとぞご理解のほど、お願い申し上げます。

（編集部）

徳間文庫

有栖川有栖選 必読！ Selection10

アリバイの唄（うた）

夜明日出夫の事件簿

2023年4月15日 初刷

著者 笹沢左保（ささざわさほ）
発行者 小宮英行
発行所 株式会社徳間書店
東京都品川区上大崎三-一-一
目黒セントラルスクエア 〒141-8202
電話 編集〇三(五四〇三)四三四九
販売〇四九(二九三)五五二一
振替 〇〇一四〇-〇-四四三九二
印刷 製本 大日本印刷株式会社

ISBN978-4-19-894847-4 （乱丁、落丁本はお取りかえいたします）